이장욱

2005년 『칼로의 유쾌한 악마들』로 문학수첩작가상을
받으며 소설을 발표하기 시작했다. 지은 책으로는 소설집
『고백의 제왕』『기린이 아닌 모든 것』『에이프릴 마치의
사랑』, 장편소설『천국보다 낯선』『캐럴』등이 있다.
문지문학상, 김유정문학상, 젊은작가상을 수상했다.

칼로의 유쾌한 악마들

칼로의 유쾌한 악마들

이장욱
장편소설

오늘의
작가 총서
38

민음사

차례

목격자

7월 26일 토요일

오전 6시 35분

한 마리의 개는, 천천히 몸을 일으킨다.

황갈색에 몸집이 작다. 두 눈이 휑하게 큰 편이다. 미간
이 넓어서 양순한 느낌을 준다. 개는 엉거주춤한 자세로
주위를 둘러본다. 주위는 그리 밝은 편이 아니지만, 그렇다
고 어둡다고는 할 수 없다. 무언가를 발견한 듯 개가 재재
거리며 달려간다.

개가 달려간 곳에 사람 하나가 누워 있다. 중키의 남자
로 평범한 인상이다. 인사를 나누고 10분쯤 지나면 전혀
기억해 낼 수 없을 것 같은 얼굴. 남자는 지금 시멘트 바닥
에 누워 있다. 움직임이 없다. 개가 남자의 얼굴을 핥기 시
작한다. 흐트러진 머리칼, 흰자위가 드러난 남방계 눈매,
약간 벌어져 있는 입술. 콧날은 몽톡하다. 입술 사이로 혀

끝이 약간 비어져 나와 있다. 가늘게 뜨고 있는 두 눈에는 초점이 없다. 어딘가를 바라보고 있다고는 말할 수 없을 것 같다.

남자의 관자놀이 근처에서 붉은 액체가 줄기를 이루어 뺨을 타고 흘러내린다. 붉은 액체는 목젖을 타고 돌아 옷깃을 적시고 시멘트 바닥에 스며든다. 시멘트 바닥에 스민 붉은색은 곧 검게 변한다.

개가 남자의 하체 쪽으로 이동한다. 킁킁거리며 냄새를 맡는다. 여전히 남자는 움직이지 않는다. 그의 하반신은 묘한 구도를 이루고 있다. 왼쪽 다리는 무릎 근처에서 바깥쪽으로 접혀 있다. 접혀 있다기보다는 부러진 채 꺾여 있다고 하는 게 맞을 것 같다. 오른쪽 다리로 시선을 옮기면, 허벅지까지는 그런대로 정상적인 각도를 이루고 있지만 그 이하는 보이지 않는다. 아마도 분리된 채 다른 곳에 떨어져 있는 것 같다. 뭉개진 다리 끝에서 붉은 액체가 흘러나오고, 찢어진 옷 사이로 뼈가 보인다.

그의 몸을 감싸고 있는 것은 트레이닝복이다. 검은색 바탕에 흰색과 노란색 줄무늬가 물결 모양을 이루고 있지만 색깔을 확신할 수는 없다. 몸에서 흘러나온 붉은 액체가 트레이닝복에 스며들고 있기 때문이다. 남자의 몸에 코를 대고 있던 개가 문득 고개를 든다. 개의 시선 끝에 거대한 금속성 물체가 서 있다. 육중한 무게감이 작은 황갈색 개를 압도한다.

그것은, 열차다. 남자의 몸은 거대한 열차 아래 놓여 있는 것이다. 육중한 열차에 비하면, 그의 육체는 저절로 표정이 찌푸려질 만큼 연약하고 왜소해 보인다. 그의 몸 위에 희미하게 형광등 불빛이 떨어지고 있다.

열차는 지금 막 멈춘 듯 차량 밑으로 더운 김을 뿜고 있다. 승강장 위에는 사람들 몇몇이 모여들어 웅성거리는 중이다. 누군가의 비명이 두어 번 날카롭게 울려 퍼졌다. 지하이기 때문인지, 비명은 사람들의 귀에 생각보다 긴 이명을 남기며 천천히 사라져 갔다. 하지만 이명이 사라진 자리에 또 다른 비명이 스며든다.

승강장에 서 있던 두엇이 휴대전화로 어디론가 전화를 하고 또 두엇은 계단을 뛰어 올라갔다. 지하철 역사의 직원을 불러오기 위해서인지 아니면 그냥 무작정 달려 나가는 것인지는 알 수 없다. 그때 황갈색 개가 승강장 위의 사람들을 향해 목청을 다해 짖었다. 하지만 개의 목에서 흘러나온 소리는 허공에 맥없이 흩어져 버린다.

선로 안으로 뛰어 내려가서 쓰러져 있는 사람의 가슴에 귀를 대 보려는 사람은 아직 없다. 비명이 채 사라지지도 않은 때였으니 당연한 것인지도 모른다. 게다가 승강장 위에 서 있으면 쓰러져 있는 남자가 제대로 보일 것 같지 않다. 안전선 가까이에 붙어 서서 고개를 내밀어야 남자의 신체가 겨우 보일 것이다. 스크린도어가 설치되기 전이었다.

얼굴이 하얗게 질린 기관사가 운전실 문을 열고 뛰쳐나왔다. 기관사는 다급하게 열차 바퀴 쪽을 살피기 시작했다. 그곳에서 쓰러져 있는 남자를 발견하자, 기관사는 순간적으로 온몸이 굳어 버린 듯 멍한 표정이 된다. 몇 초가 지난 후에야 그는 다시 운전실로 돌아가 어디론가 연락을 하기 시작했다. 그러고는 다시 운전실 바깥으로 뛰쳐나와 승강장 위의 사람들을 붙잡고 미친 듯이 외쳤다.

모…… 목격자시죠? 목격자시죠? 네?

*

이것은 토요일 아침 6시 35분 무렵의 풍경이다. 오랜 시간이 흐른 것 같은데도 사람들의 움직임을 보니 이제 겨우 몇 초가 지나간 모양이다. 승강장은 어지러운 소음과 불규칙한 움직임으로 가득 차 있지만, 폐쇄회로 카메라가 비추는 화면 속은 대단히 나른해 보인다.

빨간 등산복에 배낭을 멘 중년 남자 하나가, 승강장 아래로 내려가는 기관사를 향해 크게 입을 벌려 외쳤다.

저거, 저거, 민 사람부터 잡어!

그의 목소리는 뜻밖에 낭랑하다. 그 목소리가 소음을 뚫고 승강장에 울려 퍼지자 순간적으로 적막이 찾아들었다. 몇 초가 흐른 뒤에야, 이제야 생각났다는 듯 사람들이 다시 웅성거리기 시작했다. 마흔쯤 돼 보이는 여자가 계단 쪽을 가리키면서 외쳤다.

저쪽으로 갔어요, 저쪽!

남자를 민 사람이 그쪽으로 사라졌다는 뜻인 것 같다. 하지만 어린아이의 눈을 가려 주고 있던 젊은 여자는,

아니, 이쪽으로 갔어요,

라고 소리치면서 반대 방향을 가리켰다. 방향을 가리키기 위해 여자의 손이 아이의 눈에서 떨어지자, 아이는 가슴에 모으고 있던 양손을 바르르 떨며 울음을 터뜨렸다. 선로 위에 놓여 있는 사람의 몸 일부가 아이의 눈에 드러났는지도 모르지만, 그저 반사적으로 울음을 터뜨린 것인지도 모른다. 여자가 다시 아이의 눈을 가리면서 덧붙였다.

두 사람이에요, 두 사람!

하지만 그 목소리는 곧 승강장의 소음 속에 파묻혀 버렸다. 토요일인 데다 아직 출근 시간이라기에는 이른 때였는데도, 어디서 모여들었는지 꽤 많은 사람들이 웅성거리고 있었다. 그때 계단 쪽에서 직원으로 보이는 남자 둘이 뛰어내려왔다. 앞의 중년 남자는 군청색 제복을 입고 있고, 뒤에서 쫓아오는 젊은 남자는 회색 작업복에 구조용 들것을 어깨에 메고 있다. 그들 뒤의 계단 멀리에서 또 사람들의 어지러운 발소리가 몰려왔다. 중년이 다급한 목소리로 물

었다.

119하고 경찰은 연락했지?

아, 예, 곧 올 겁니다.

작업복을 입은 젊은 남자가 승강장에서 열차 진입로로 들것을 내리면서 대답했다. 쓰러져 있는 사람을 바라보며 중년이 거칠게 내뱉었다.

아, 씨팔, 왜 또 하필 우리 역이야? 벌써 세 번째 아냐, 웅?

작업복은 대답 없이 익숙한 자세로 선로 위의 사람 몸을 살폈다. 이미 처치가 불가능한 상태임을 확인한 그는 널브러진 몸 주위에 흰 선을 그었다. 스프레이에서 기체가 분사되어 나왔다. 질린 표정으로 그들 옆에 서 있던 기관사가 반대쪽 바퀴를 가리키며 말했다. 심하게 떨리는 목소리였다.

저기…… 저 아래…… 일…… 일부가 또 있는데요.

중년이 고개를 들지 않고 누구에게랄 것 없이 물었다.

이거 자살이지? 자살이지? 웅?

기관사가 이를 딱딱거리며 멍하니 서 있자, 작업복이 기관사의 표정을 힐끔 바라보고는 대답했다.

그게, 조사해 봐야 알겠는데요.

잠시 뜸을 들인 후 그가 들릴 듯 말 듯한 목소리로 덧붙였다.

……이거 정말, 푸닥거리라도 해야겠습니다.

그의 대답과 함께, 선로로 뛰어든 사람들을 피해 어디론가 몸을 숨겼던 황갈색의 작은 개가 다시 나타났다. 개는 세 사람 주위를 종종종 뛰어다니며 짖어 대기 시작했다. 승강장 아래 서 있는 세 사람은 개에게 시선을 돌리지 않았다. 마치 개에게 신경 쓸 시간은 없다는 투였다. 하지만 다시 보면 그들은, 그들 주위를 경중경중 뛰어다니며 짖어 대는 개를 아직 발견하지 못한 것처럼 보인다. 그것은 승강장 위에서 웅성거리고 있는 사람들 역시 마찬가지였다.

*

승강장이 어수선한 것과는 달리, 개찰구와 지하철 역사 바깥은 여느 때와 다름이 없어 보인다. 다만 지금 막 빠른 걸음으로 역사를 빠져나가는 남녀가 눈에 뜨이는 정도다. 하나는 30대 중반쯤으로 보이는 남자고, 하나는 비슷한 또래의 여자다. 남자와 여자는 둘 다 검은색 정장 차림이지만 차림에 맞지 않게 어딘지 얼이 빠져 보인다. 여자는 남자의 팔을 잡고 있고 남자는 전방을 향해 한껏 몸을 기울인 채 거의 달리다시피 발을 놀리고 있다. 그들은 도망치듯 계단을 올라가는 중이다.

그 반대쪽에는 또 다른 사람이 계단을 향하고 있다. 이

제 더 이상 중년이라고는 할 수 없는 늙은 남자다. 늙은 남자가 입고 있는 얇은 점퍼의 왼팔 소매가 텅 빈 채 펄럭이고 있지만, 그건 그의 걸음이 빨라서가 아니라 왼팔이 없기 때문인 것 같다. 피부 전체가 데데하게 죽어 있는 남자의 표정은 한껏 일그러져 있다. 그는 위태로워 보이는 발놀림으로 지하철 계단을 올라가고 있다.

*

토요일 아침의 이 모든 풍경은 한 여자의 두통에서 비롯되었다. 여자의 두통은 나흘 전 화요일 저녁에 시작되었다.

사실 여자의 두통은 만성이었지만, 나흘 전의 그 화요일 저녁에 찾아온 통증은 특별했다. 머리 한 켠에서 시작된 통증이 뇌 전체를 샅샅이 훑듯 번져 가고 있었다. 무수한 벌레들이 뇌혈관을 따라 이동하는 느낌이었다. 여자는 낡은 아파트를 나와 지하철역으로 천천히 걸어가고 있었다. 기온과 습도가 제법 높았지만 불쾌한 날씨라고는 할 수 없었다. 여름 초저녁치고는 말간 날이었으며 아직 환한 하늘을 배경으로 흰빛의 구름 떼가 몰려가고 있었다.

여자가 지하철역에 도착할 즈음에, 여자의 남편은 지난 겨울 할부로 구입한 중형 승용차를 타고 서해안고속도로를 질주하고 있었다. 그는 고개를 외로 꼬고 전방에 드리워진 하늘빛을 살폈다. 해가 지고 있었지만 보기 드물게 날씨가 좋았다. 사방이 평온한 느낌이었다. 바람을 느끼기 위해 그는 차창을 조금 내렸다.

그 시간에, 그와 안면이 없는 또 다른 남자는 지하철의 열차 운전실에 앉은 채 터널 끝의 소실점을 노려보고 있었다. 소실점 끝에서 환한 빛이 남자를 향해 무섭게 다가왔다. 남자는 다음 역사의 승강장이 곡선이라는 것을 알고 있었다. 그의 눈은 조금 충혈돼 있었다. 남자는 두어 번 눈을 껌뻑거렸다.

바로 그 순간, 열차 운전실에 앉아 전방을 바라보며 눈을 껌뻑거린 남자의 대학 동기 중 한 명은, 동부간선도로 진입로에서 무리하게 차선을 바꾸어 앞을 가로막은 택시 기사와 시비가 붙어 목청을 높이고 있었다. 그는 깜빡이도 켜지 않고 끼어드는 영업용 택시에 오래전부터 적의를 느껴 왔다. 택시에서 내린 기사의 멱살을 붙잡은 그의 입에서 막 욕설이 튀어나오려 하고 있었다.

화요일 저녁의 그 시간에, 택시 기사의 멱살을 잡은 남자와 한때 연인 관계였던 또 다른 여자는, 사무실에 앉아 인터넷 메신저 창을 노려보고 있었다. 야근 지시가 떨어진 것에 대한 불만으로 여자의 얼굴은 일그러져 있었다. 물론 그 순간에 여자는 잊은 지 오래인 옛 애인을 전혀 떠올리지 않았으며, 자신과 안면이 없는 여자가 지하철 역사에서 이제 막 두통을 느끼게 될 것이라는 사실도 알지 못했다. 컴퓨터 모니터에 눈을 두고 회사 동료에게 보낸 메시지에 답이 오기를 기다릴 뿐이었다.

마지막으로 위의 모든 사람들과 무관한 늙은 남자에 대해 말해야겠다. 더 이상 중년이라고는 할 수 없는 늙은 남자는, 그 화요일 저녁에, 살에 묻혀 있는 두 눈을 껌뻑이며 지하철 역사의 복권 판매 부스 안에 앉아 있었다. 복권 판매 부스는 빨갛고 작은 상자처럼 보인다. 상자 안에 앉아 있는 남자가 문득 왼팔을 들어 올렸다가 천천히 내리면, 그의 텅 빈 소매가 허공으로 올라갔다가 천천히 내려왔다. 늙은 남자는 입술을 반쯤 열고 알아듣기 힘든 말을 중얼거렸다. 남자의 중얼거림은 상자처럼 좁은 부스 안에서 점점이 흩어졌다.

화요일 저녁의 그 순간에 한 여자의 두통이 시작되자, 그들 모두는 자기도 모르게 뒤를 돌아보았다. 누군가 제 이름을 불렀던 것 같기도 하고, 누군가 등을 툭 치는 느낌이 들기도 했다. 아니면 아무런 이유도 없이 그저 뒤를 돌아보고 싶었는지도 모른다. 그들은 제 뒤쪽에 아무것도 없음을 확인하고는 하던 일을 계속했다.

서해안고속도로를 달리던 남자는 힐끗 차 안의 백미러를 보았다가 재빨리 전방을 주시했다. 뒤에서 무언가가 자신을 툭, 친 것 같은 느낌이 들어서였다. 열차 운전실에 앉아 있던 남자도 무슨 소리가 들린 듯하여 뒤를 돌아보았다. 하지만 한 평도 안 되는 비좁은 공간에서 뒤를 돌아본 자신이 우습다는 생각이 들었을 뿐이었다. 그는 다음 역사의 불빛이 보이자 계기판의 브레이크 게이지를 바라보았다.

그의 대학 동기 중 하나는 그 시간에 택시 기사와 실랑이를 벌이다가, 문득 누가 자기를 부른 듯하여 고개를 돌려 뒤를 돌아보았다. 등 뒤에는 러시아워의 거리 풍경이 펼쳐져 있을 뿐이었지만, 그는 택시 기사에게 갑자기 미안하다고 사과하고는 화급히 제 차로 돌아갔다. 마흔도 안 돼 보이는 젊은 놈에게 멱살을 잡혀 있던 택시 기사는, 갑자기 미안하다고 말하고 돌아선 남자의 등에 대고 에미 애비도 없는 놈이라고 욕설을 날렸다. 제 차로 돌아간 남자는 사과를 하고 차로 돌아온 자신의 행동이 뜻밖이라고 생각했다.

그 남자의 옛 애인이었던 여자도 메신저를 바라보고 있다가 문득 뒤를 돌아보았다. 하지만 거기에 있는 것은 화요일 저녁 사무실의 나른한 풍경일 뿐이었다. 여자는 의아한 표정을 지으며 컴퓨터 모니터로 다시 시선을 돌렸다.

복권 판매 부스에 앉아 있던 초로의 남자만이 고개를 돌려 오랫동안 뒤를 돌아보았는데, 사실 그의 등 뒤에는 복권 판매 부스의 컴컴한 벽만이 있을 뿐이었다. 늙은 남

자는 아주 느린 속도로, 고개를 다시 앞으로 돌리며 구슬
픈 목소리로 중얼거렸다. 그의 입에서 구슬픈 목소리가 흘
러나왔다. 준비하시고…… 쏘세요.

이 모든 것은 나흘 전의 평범한 화요일 저녁 풍경이었다.
지하철 승강장에 도착한 한 여자의 머릿속 깊은 곳에서,
바늘로 찌르는 듯한 두통이 서서히 번져 가던 시간이었다.

5초 후의 허공

7월 22일 화요일 오후

화요일 오후, 그러니까 지하철 역사로 이동하기 전에 여자는 자신의 집 거실 책상에 앉아 커서가 깜빡이는 컴퓨터 화면에 눈을 두고 있었다.

커서는 북극의 빙산 위에서 에스키모들과 바다표범들이 만나는 장면에 멈춘 채 깜빡거리고 있었다. 이 부분만 끝내면 번역은 마무리될 것이었다. 스웨덴 여성 작가의 동화였다. 번역은 어렵지 않았지만 내용은 시시했다. 에스키모와 바다표범 들이 싸우고 화해한다는, 그저 그런 내용이었다.

에스키모들은 바다표범들이 이글루를 부쉈다고 생각했고, 바다표범들은 에스키모들이 자기들을 잡아 모피를 만들려 한다고 생각했다. 갈등은 점점 심해졌다. 그때 에스키모 소녀 하나가 바다에 들어가 바다표범들에게 접근한다. 차가운 물속으로 잠수한 소녀는 며칠 동안 바다표범들을 따라 헤엄쳐 다닌다. 소녀는 바다표범들이 물에 파동을 일으켜 서로 대화한다는 것을 알아낸다. 바다표범들의 대화법을 익힌 소녀가 결국 양측의 오해를 풀어 준다는 이야기였다. 역시 쉽게 예측할 수 있는 해피 엔딩이었다.

여자는 페이지마다 천연색 그림이 그려진 얇고 딱딱한 책을 덮었다. 고개를 돌리자 북극의 차가운 물속에 좁은 거실 풍경이 겹쳐 보였다. 물결이 사라진 곳에 등을 보인 채 앉아 있는 아이가 눈에 들어왔다. 아이는 바닥에 놓인 스케치북에 눈을 두고 있었다. 스케치북에는 물고기 모양의 비슷한 그림들이 수없이 그려져 있었다. 여자는 아이의 등을 바라보다가,

치타,

하고 작은 목소리로 불렀다. 아이 곁에 앉아 있던 마르고 몸이 맨들맨들한 치와와 한 마리가 휘적휘적 여자에게 다가왔다. 여자는 치와와를 품에 안고 텔레비전을 틀었다. 텔레비전 소리가 갑자기 실내를 가득 채웠다. 그림을 그리던 아이가 고개를 들어 창밖으로 시선을 돌렸다. 아이의 시선을 따라가면 길 건너편에 낡은 아파트가 마주 보였다. 아파트 뒤쪽의 하늘에는 흐릿한 태양이 떠 있었다. 하지만

아이의 시선이 아파트나 태양을 향하는 것 같지는 않았다. 아이의 시선을 따라가다가 여자는 문득 경미한 두통과 함께 이명을 느꼈다. 정오 무렵에 한 번, 오후에 한 번, 그리고 이것으로 세 번째 두통이었다.

왜 이래, 오늘.

여자는 중얼거렸다. 치와와가 크고 검은 눈을 여자 쪽으로 향한 채 끙끙거렸다. 여자는 한 팔로 치와와를 안고 다른 손으로 진통제 한 알을 입에 넣었다. 알록달록하게 곰이 그려진 플라스틱 잔에 찬물을 따라 마셨다. 목구멍을 넘어가는 알약의 느낌이 가만히 전해졌다.

여자의 귀에는 아직도 이명이 남아 있었다. 금속성 이명이었다. 여자는 사람의 귓속을 흘러 다니는 소리들에 대해 생각했다. 공기 중에는 수많은 소리들이 떠돌아다닌다. 사람들은 편리하게도 제가 들을 수 있는 소리만을 들으면서 살아간다. 주파수가 다른 세계들은 사람들을 통과해 흘러가 버릴 뿐이다. 그것들은 감지되지 않는다. 여자는 귓불이 간지러웠다. 치와와가 여자의 귀밑 언저리를 핥고 있었다. 여자는 치와와의 귀에 입을 맞추고 가볍게 껴안아 주었다.

치와와의 귓속에도 여자의 귓속을 흘러가는 소리들이 흘러 다닐 것이다. 어쩌면 여자의 귓속보다 훨씬 많은 소리들이 지나가고 있을지도 모른다. 어느 날 낯선 주파수들이 사람의 귀에 들어온다면? 무수한 다른 세계들이 귓속에서 소음을 일으킨다면? 그것이 각종 신경증을 일으키고 그 때문에 자살하는 사람이 늘어난다면? 여자는 조금 웃었다.

여자는 이명 같은 것은 얼마든지 견딜 만다고 생각했다. 주파수를 잘못 맞춘 라디오의 잡음이나 정규 방송 시간이 끝난 텔레비전 화면 같은 것도 그리 거슬리지 않았다. 여자는 완전히 잡음으로만 가득한 삶은 어떨까 상상했다. 여자는 거실 바닥에 앉아 있는 아이를 바라보았다. 아이는 스케치북에 눈을 두고 있었다. 여자의 머릿속으로 미세한 통증이 바늘처럼 지나가는 순간, 전화벨이 울렸다.

아마 남자일 것이다. 전화벨 소리를 듣자마자, 여자는 남자와 나눌 대화 내용을 떠올릴 수 있었다.

밥 먹었어?

아니. 수미는 뭐 해?

그냥 있어, 언제 와?

좀 늦을 거야.

알았어.

등등. 남자는 여자가 예상한 시간에, 예상한 어조로, 예상한 내용의 전화를 걸어온다. 여자는 남자를 예측하고, 남자는 여자의 예측을 벗어나지 않는다. 여자는 그것이 싫지 않았다. 남자는 언제나 예측 가능하고, 예측 가능한 것은 여자의 마음에 든다. 여자가 수화기를 들었다.

나야. 밥 먹었어?

남자의 목소리가 귀에 와 닿는 순간 여자는 다시 미세한 통증을 느꼈다. 남자의 목소리가 귓전에서 웅웅거렸다. 여자는 미간을 찌푸리며 말했다.

응. 알았어. 잘 다녀와.

뭐라구?

잘 다녀오라구.

어딜?

연수 간다며?

……아, 아침에 말했던가? 하여튼, 갔다가 내일 들어갈게. 오후나 돼야 할 거야.

수화기 저편에서 음악이 흐르고 있었다. 볼륨은 줄여져 있었지만, 저음에 음산한 목소리의 보컬이 남자의 말에 스며들었다. 차 안인 듯 울림이 심했다.

여자는 전화를 끊었다. 두통이 천천히 잦아들기 시작했다. 저녁 햇살이 통유리에 스며들어 아이의 어깨를 부드럽게 물들였다. 좁은 거실에는 아이의 장난감들이 널려 있었지만 아이는 물고기 그림에만 열중하고 있었다. 여자는 개를 안은 채 식탁이 놓여 있는 주방으로 들어갔다. 주방은 전등이 나간 지 꽤 되어 낮이건 밤이건 어두컴컴했다.

그냥 두자. 곧 이사 갈 텐데 뭐.

며칠 전 저녁 식사를 하다가, 문득 여자가 천장을 바라보며 중얼거렸다. 그러자 여자를 따라 천장으로 시선을 돌리며 남자가 말했다.

어둡네. 전구 갈아야겠는데?

여자는 대꾸하지 않았다. 남자는 여자를 물끄러미 바라보다가 다시 입에 밥을 떠 넣었다. 하긴, 이사 가면 끝이지. 남자는 여자의 말을 우물우물 되풀이했다. 그게 며칠 전의 대화였다.

여자는 주방 찬장에서 유카누바를 꺼내 식탁 옆의 플라스틱 먹이통에 쏟아 주었다. 치와와는 먹이통을 향해 몸을 흔들며 다가갔다. 식탁에는 찬장과 싱크대에서 꺼내 늘어놓은 사기그릇들이 가득했다. 이사 날짜가 내일모레로 다가왔기 때문이었다. 가구들은 그냥 두더라도 그릇 같은 것은 정리를 좀 해 두어야 했다. 찬장에서는 쓰지 않는 그릇들이 자꾸 나왔다. 사기그릇들이 겹겹으로 쌓여 있었기 때문에 식탁에는 유리컵 하나 놓을 자리도 남아 있지 않았다. 여자는 식탁 모서리 바깥으로 3분의 1쯤 나와 있는 사기그릇들을 만지작거렸다.

*

결혼 전에도 만성 두통이 있긴 했지만 정도가 심한 편

은 아니었다. 언제부터인가 이명이 함께 찾아왔다. 결혼하고 아이를 낳은 후 상태가 악화되었다. 물론 이비인후과를 가 보기도 했다. 학창 시절에도 중이염이나 내이도염을 앓았기 때문에 그런 종류일 거라고 생각했다. 하지만 의사는 두통과 이명의 원인을 찾지 못했다. 동네 병원에서 권유한 대로 종합병원을 찾아갔지만 역시 별다른 처방은 받지 못했다. 조명을 받으며 의사의 손에 귀를 맡기고 있던 여자가 자세를 고쳐 앉으며 말했다.

CT가 좋겠어요.

흰 가운을 입은 남자는 그게 무슨 얘기냐는 듯 여자의 얼굴을 바라보았다. 여자가 무표정하게 정면을 응시하자 남자가 입을 열었다.

글쎄요……. 외관상으로는 별다른 이상이 없어 보이는데……. 이명의 경우는 청신경 장애인 경우가 많고 혈액순환 장애인 경우도 있어요. 청신경 종양 때문일 수도 있으니까 일단 검사를 해 보는 게 좋긴 하겠네요. MRI가 정확하지만 아직 보험이 안 되니까 일단 CT를 찍어 보시든가.

CT를 찍었지만 종양은 발견되지 않았다. 여자는 컴퓨터 화면에 뜬 어두컴컴한 귓속을 바라보다가 고개를 흔들었다. 의사는 당연하다는 듯 결론을 내렸다.

이명은 스트레스성이 많아요. 마음을 편히 가지고 매사에 너무 신경 쓰지 마세요. 일단 약 좀 드셔 보시고 더 심해지면 신경정신과 진료를 받아 보십시다. 이런 경우는 항우울제가 도움이 될 수도 있어요. 생활에 어떤 문제가 있는지 체크해 보시고.

검사 이후 여자는 병원을 찾지 않았다. 별다른 문제가 발견되지 않았는데도 증상은 있었다. 아이 역시 마찬가지일 거라고 여자는 생각했다. 아이는 세 살 무렵까지는 그런대로 평범해 보였다. 또래 아이들보다 상당히 늦게 입이 트이긴 했지만 제법 말도 할 줄 알았다. 아이에게도 별다른 문제 같은 것은 보이지 않았다.

여자와 남자, 그리고 주위 사람들은 그들의 가정이 그저 단란하고 평범하다고 생각했다. 얼마 전에 남자가 전직 국회의원의 비서 일을 시작하면서 그들은 새 아파트로 이사를 가기로 결정했다. 옮긴다고 해도 역시 전세이긴 하겠지만, 대출을 받고 전세금을 빼 오면 그런대로 밝고 따뜻한 신축 아파트로 옮겨 갈 수 있을 것이었다. 곧 허물어질 듯한 이 우중충한 아파트를 떠나기로 한 것은, 그들이 결혼 후 내린 가장 중요한 결정이었다.

남자에게도 여자에게도 결혼 생활은 대체로 순탄했다. 여자는 아이가 말하기 전에 아이에게 필요한 것을 가져다주었고, 남자는 불평불만이 많은 편이 아니었다. 남자는 대체로 낙천적이었고 돈 관리도 스스로 알아서 했으며 프로야구나 한일 축구 경기 시간에 맞추어 귀가했다. 아이가 커 가면서 남자가 집을 비우는 일이 잦았지만 여자는 그 편이 편하다고 생각하고 있었다.

여자는 아이를 낳은 후에 동화를 쓰는 일에 재미를 붙였다. 동화가 막히면 아이의 얼굴을 골똘히 바라보곤 했다. 그러면 다음 장면들이 저절로 떠올랐다. 아이의 얼굴에서 아무것도 얻지 못하면 치와와를 바라보았다. 눈이 커서 바라보기에 좋았다. 하지만 출판사에서 자꾸 난색을 표시했다. 지나치게 사실적인 동화는 아이들에게 적합하지 않다는 것이 담당 편집자의 말이었다.

조금 판타스틱한 쪽으로 가 보는 게 좋겠는데. 어때요?

편집자는 질문 아닌 질문을 던졌고 여자는 알겠다고 말하고 전화를 끊었다. 얼마간 시간이 지난 뒤, 여자는 창작을 그만두고 동화 번역 쪽으로 일을 바꾸었다. 전직 통역사였기 때문에 일을 얻기가 수월했다.

번역은 여자의 적성에 맞았다. 문장을 만들지 않고, 이미 만들어져 있는 문장을 그저 옮기기만 하면 되었다. 여자는 기계적으로 작업했다. 초고가 끝난 후에는 소리 내 읽으면서 어색한 표현들을 고쳤다. 번역을 하는 내내 여자 곁에는 치와와가 누워 있었고, 아이는 멍한 표정으로 창밖을 바라보고 있었다. 아이의 눈은 무언가를 바라보기는 했지만 그것이 무엇이라고 판단하는 것 같지는 않았다. 아니, 무언가를 바라본다고 말하기도 어려운 시선이었다.

확정적으로 진단을 받은 것은 얼마 전이었다. 의사는 모니터에 뜬 검사 결과를 곰곰이 살펴보더니 자세를 고쳐 앉으며 말했다.

아이의 눈은…… 시각 기능은 정상이지만 인지 기능이 떨어진다고 보시면 됩니다. 거울처럼 사물을 반사한다고나 할까요. 전체적으로 학습 기능에도 문제가 있을 테니 조기교육이 필수입니다. 시간이 지나면 더 힘들어지실 수도 있습니다.

남자가 의사에게 물었다.

원인이 뭡니까?

원인은 확정적으로 밝혀진 바가 없습니다만, 일단 소뇌의 신경전달물질 이상이라고 생각하시면 됩니다. 세로토닌이라고…….

의사는 남자와 여자의 반응을 잠시 살피더니 질책하는 투로 말을 이었다.

하여튼, 너무 늦게 오셨네요. 보통 두세 살 정도면 발견이 가능한데. 현재로서는 확실한 치료 방법이 없어요. 정기적으로 치료와 교육을 병행하면 예후가 좋아질 수도 있지만…….

의사는 말끝을 흐렸다. 남자는 아이를 무릎에 앉힌 채였고 여자는 창밖에 눈을 두고 있었다. 여자는 무표정했다.

병원 문을 나오자마자 남자는 아이의 손을 놓고 담배를

피워 물었다. 아이의 손을 받아 쥐면서 여자는 다시 엷은 두통을 느꼈다.

정기적으로 치료하고 교육받으면 괜찮다잖아요.

여자가 관자놀이를 짚고 있던 손을 떼며 말하자 남자는 어이가 없다는 듯 여자를 쳐다보았다. 혀를 한 번 찬 후 남자가 말했다.

아, 이거 어쩌냐.

여자는 아이를 안은 채 대답 없이 주차장을 향해 걸어갔다. 여자의 등을 바라보며 남자는 담배 연기를 길게 내뿜었다. 꽁초를 거칠게 허공에 던졌다. 지난겨울의 일이었다.

*

사기그릇을 만지작거리던 여자는 두통과 함께 심한 이명을 느꼈다. 그릇 깨지는 소리가 귓속에서 울렸다. 여자는 귀를 막고 주방을 뛰쳐나왔다. 사기그릇이 이루고 있던 작은 탑이 기울어진 것은, 여자가 주방을 떠나고 몇 초가 지난 후였다.

*

　여자가 두통과 이명을 특별한 증상으로 생각하게 된 것
은 몇 개월 전이었다. 프로야구 개막전이 열린 식목일 오후
였다. 아무도 나무를 심는다거나 하지는 않았지만, 어쨌든
토요일이었고 휴일이었다.

　그날 남자는 야구 경기에 채널을 고정시켜 놓고 있었다.
맥주와 함께 작은 아몬드 캔을 따 놓은 후 가로로 누워 한
가로운 자세를 취하고 있었다. 그 자세를 취하기 위해 오랫
동안 기다려 왔다는 듯, 남자는 자세를 바꾸지 않았다. 9회
말 3대 2였고, 이제 곧 개막전 승리 팀이 결정되려 하고 있
었다. 남자는 자세를 고쳐 앉았다.

　주자 2, 3루에 역전 주자가 나가 있었으므로 관중들은
환호했다. 투수는 로진백을 만지작거리다가 마운드 뒤쪽으
로 던졌다. 식목일이었고, 비가 조금씩 내리고 있었다. 잔디
를 적시는 물기가 촉촉했다.

　안타네……. 오른쪽이야.

　여자는 양손으로 관자놀이를 누르면서 중얼거렸다. 남
자가 여자를 쳐다보았다. 무슨 생뚱맞은 소리냐는 표정이
었다. 아이는 여자 곁에 멍하니 앉아 있다가 탁자를 소리
나게 탁탁, 두드렸다. 남자가 아이를 바라보았지만, 아이는
남자의 시선을 의식하지 않았다. 그때 여자가 다시 중얼거

렸다.

역전이야.

들었는지 못 들었는지 남자는 흘깃 여자를 쳐다보고는 다시 화면을 주시했다. 구원투수의 손을 떠난 공이 포수 미트를 향해 날아가다가 딱, 하는 소리와 함께 화면 왼쪽으로 사라졌다. 그 순간 화면이 바뀌어 카메라는 우익수 앞으로 데굴데굴 굴러가는 공을 비추었다.

역전, 2타점, 우전, 적시탑니다!

흥분한 아나운서의 목소리가 울려 퍼졌다. 여자의 머리에 두통과 함께 이명이 지나가고 몇 초의 시간이 흐른 후였다. 남자는 환호성을 질렀다. 순간 여자는 문득 제 얼굴에 쏟아지는 아이의 시선을 느끼고 화들짝 놀랐다. 그것은 분명히 시선…… 이었다.

아이는 사람에게 관심을 보이지 않았다. 아이는 사람과 눈을 맞추거나 사물을 바라볼 생각이 없는 듯했다. 아이의 세계에는 다른 사람이 살지 않았고 외계의 사물들은 초점이 맞지 않는 듯 그저 희미하게 존재하는 것 같았다. 그런 아이가 자신을 정확하게 바라본다고 느낄 때마다 여자는 깜빡깜빡 놀라면서 아이의 눈을 마주 보았다. 하지만 이미 아이의 눈은 여자를 지나 먼 곳에 가 있었다. 여자는 제 몸을 통과하여 어느 먼 곳을 향하는 아이의 시선을 따라가 보고 싶었다.

*

처음에는 모호한 신호였던 것들이 조금씩 분명해지기 시작했다. 이명은 이제 웅웅거리는 소리로 느껴지지 않았다. 흐릿하지만 조금씩 분명한 소리가 되어 여자의 귓속을 맴돌았다. 그것은 그릇이 깨지는 소리거나 전화벨이 울리는 소리거나 심지어 사람의 목소리이기도 했다. 여자는 지금 귀에 들어오는 것이 잠시 후의 것인지 현재의 것인지 알아낼 수 없었다. 여자는 당황했다.

뉴스에서는 하늘색 벨벳 원피스를 입은 기상캐스터가 내일의 날씨를 알리고 있었다. 내일은 남해상 먼 곳으로 장마전선이 물러가는 관계로 비 올 확률은 20퍼센트 미만이며 여전히 무더운 날씨가 이어질 것이라는 멘트가 흘러나왔다. 여자는 채널을 돌리다가 희고 검은 반점들이 무수히 떠돌아다니는 화면이 나오자 리모컨을 내려놓았다. 치직거리는 소리가 새어 나와 작은 방 안에 가득 찼다. 남자는 잠귀가 제법 두터워 웬만한 소음에는 깨지 않았다. 여자는 잡음으로 가득한 방에 앉아서 화면을 바라보다가 몸을 일으켰다.

여자는 곯아떨어진 남자를 두고 좁디좁은 베란다에 나가 담배를 피워 물었다. 잡동사니들이 잔뜩 널려 있어서 겨우 발을 디딜 수 있는 정도의 공간이었다. 살갗에 찬바

람이 스며들었다. 아파트 아래쪽으로 가로등과 상가 불빛
이 이어져 있었다. 그 사이사이에 희끄무레한 것들이 불규
칙하게 움직이고 있었다. 비둘기들이었다.

웬…… 비둘기들이. 컴컴한 밤에.

여자는 그렇게 중얼거리며 화분 곁에 놓인 재떨이에 담
뱃재를 털었다. 바람에 날린 담뱃재가 허공을 떠돌다가 천
천히 내려앉았다. 여자는 담배를 끄고 몸을 돌렸다. 그때
거실 저편, 식탁 곁의 어둠 속에 서 있는 아이가 눈에 들
어왔다. 창 쪽에서 흘러든 빛이 아이의 실루엣을 만들어
주었다. 흰 잠옷을 입은 아이는 뒤꿈치를 들고 발끝으로
만 서 있었다. 아이는 여자를 빤히 바라보는 것 같았다. 아
니, 아이의 시선은 정확하게 여자의 눈에 맞추어져 있는
게 틀림없었다. 여자는 온몸에서 힘이 빠져나가는 것을 느
꼈다.

*

화요일 저녁, 깨진 사기그릇들을 정리한 후 여자는 아이
의 손을 잡고 집을 나섰다. 아이는 여자에게 손을 맡긴 채
제 발끝을 바라보고 걸었다. 뒤꿈치가 살짝 들려 있었다.
여자는 어젯밤 아이의 실루엣을 떠올렸지만, 아이와 눈이
마주친 것인지는 확신할 수 없었다.

낡고 소음이 심한 엘리베이터 안에서 재건축조합 임원을 맡고 있는 아래층 여자를 만났다. 임원은 아이의 머리를 쓰다듬으면서 빠른 속도로 말했다.

아이고, 애가 이쁘네. 근데 병원은 다녀오셨고?

입빠른 소리를 지껄였다는 걸 깨닫고 임원은 힐끗 여자의 눈치를 보았지만, 여자에게는 별다른 표정 변화가 없었다. 임원은 재빨리 화제를 돌렸다.

참, 이사 날짜는 잡았수? 인제 애 아빠두 자리 잡았으니 잘됐네. 이 지저분한 아파트, 증말 지겨워. 그렇지?

여자는 조용한 목소리로 대답했다.

죄송해요.

그러자 임원은 문득 낯빛을 바꾸면서 말했다.

그러게, 빨리빨리들 좀 나가 줘야지. 이 아파트 이거, 언제 무너질지도 모르는데, 하루라도 빨리 진행을 해야지 않겠어요?

여전히 아파트에 남아 있는 가구들 중 하나였기 때문에, 여자는 재건축조합 임원을 만나면 고개부터 숙였다.

……고맙습니다.

임원은 여자의 대답에 갸우뚱한 표정을 짓다가, 이제야 생각났다는 듯 덧붙였다.

집주인한테 잘 말해서 이사비하고 복비는 꼭 챙겨요, 응?

임원은 재건축조합 내에서도 가장 열성적이라고 했다. 몇 개월 전만 해도 아파트는 시끄러웠다. 재건축조합이 조직되자 곧 재건축 반대 비상대책위원회라는 조직이 생겼다. 재건축 반대 비대위 사람들이 재건축조합 측과 몸싸움을 벌였다는 얘기도 있었다. 대학가에서나 보던 대자보들이 아파트 벽에 나붙기 시작했다. 날이면 날마다 싸움과 소동을 반복하다가 법정까지 간 끝에 결국 재건축조합 쪽이 승리한 모양이었다.

잠깐의 침묵이 엘리베이터 안을 채우자, 여자가 문득 말했다.

네. 이사 때문에, 애를 좀 맡기려고요.

재건축조합 임원은 무슨 말이냐는 듯 여자를 물끄러미 바라보다가 말했다.

아, 친정에 가시는 모양이구나?

엘리베이터 문이 열리고 현관 앞에서 임원과 헤어지면서, 여자는 문득 바다표범과 에스키모 소녀를 떠올렸다.

북극 물속은 차가울 텐데. 어떻게 어린아이가 그렇게 오래 잠수를……

여자는 고개를 갸웃거리며 중얼거렸다. 임원은 이상하다는 듯한 표정을 지으며 멀어져 갔다.

*

    화요일 저녁이었다. 지하철은 금방 오지 않았다. 여자는
아이의 손을 잡고 있었고, 아이는 제 발끝을 쳐다보고 있
었다. 여자의 모친은 아이를 볼 때마다 혀를 끌끌 찼지만
눈물을 보인 적은 없었다. 아이를 빤히 바라보다가,

    얘가 누구 애지?

    하고 묻기도 했다. 여자가 무슨 얘기냐는 듯이 바라보면,
그제야 모친은 제 입에서 나온 말의 의미를 깨닫고 당황
하고는 했다. 모친은 전두엽 부위의 혈관이 조금씩 막히고
있었다. 가끔씩이긴 했지만 모친은 입으로 낯선 벌레를 뱉
는 것처럼 말했다. 그런 것이 튀어나올 때마다 모친은 손으
로 자신의 입을 막았다.

    어떻든 증세는 결국 악화될 것이다. 지하철을 기다리면
서 여자는 아이가 돌을 맞았을 때 찍은 가족사진을 떠올
렸다. 남편과 모친과 친지들이 포커스에 잡혔다. 모두가 카
메라를 바라보며 미소 짓고 있었지만 모두가 다른 곳을
바라보는 것 같았다. 여자는 왠지 어색하면서도 따뜻한 풍
경이라고 생각했지만, 입가에 미소가 피어오르지는 않았
다. 여자는 몹시 피곤했다. 몸의 세포들이 한 올 한 올 풀
리는 느낌이었다. 감각이 흩어져서 온몸이 천천히 녹아 버
릴지도 모른다고 여자는 생각했다. 아마 깨진 그릇들을 치

우느라 무리를 한 모양이었다. 바다표범과 에스키모와 소녀의 이야기에 너무 몰두한 것인지도 모른다. 여자는 중얼거렸다.

시시한 이야기인데…… 이상하네.

여자는 아이의 손을 잡고 자동판매기 앞에 선 채 열차가 들어오는 쪽을 무심히 바라보았다.

그 순간 여자에게 다시 두통이 찾아왔다. 심하게 머리가 울렸다. 눈을 감고 한 손으로 관자놀이를 지그시 눌렀다. 하지만 통증은 사그라들지 않았다. 금속성의 이명이 여자의 귀를 서서히 채우기 시작했다. 열차가 들어오고 있었다.

지금 열차가 도착할 예정이오니, 승객 여러분께서는 한 걸음 물러서 주시기 바랍니다.

터널 저편에서 열차의 굉음이 서서히 다가왔다. 맹렬한 소음이 여자의 귀를 향해 몰려들었다. 쇳소리가 겨우 잦아들자, 자동문 열리는 소리가 들렸다. 여자는 감았던 눈을 뜨고 열차에 탑승했다. 여자의 오른쪽 발이 고도 5센티미터의 허공을 지나 열차의 출입문 안쪽으로 이동했다.

그 순간 여자는 제 오른쪽 발이 허공을 밟았다는 사실을 깨달았다. 여자가 균형을 잃고 크게 휘청거렸다. 중심을 잃은 여자의 몸이 앞으로 무너져 내렸다.

여자의 몸이 앞으로 쏠리는 순간, 거대한 열차가 굉음을 울리며 터널을 나와 여자를 향해 밀려 들어왔다. 선로로

떨어지면서 여자는 무서운 속도로 다가오는 열차의 전조
등 불빛을 보았다. 그리고 운전실에 앉아 있는 한 남자의
얼굴을 보았다고, 여자는 생각했다.

준비하시고, 쏘세요

7월 22일 화요일 저녁

준비하시고오, 쏘세요…….

복권 판매 부스 안에 앉아 있는 초로의 남자가 중얼거렸다. 남자의 중얼거림이 좁은 부스 바깥으로 흘러 나간 것은 아니었다. 남자의 목소리는 부스 안에서 맥없이 흩어졌다. 지하철 역사 안의 소음이 부스 안으로 밀려들자 남자의 음성은 흔적도 없이 사라졌다.

여보…… 그거 괜찮았지? 김병찬인가…… 그 사람 목소리가 좋았잖아.

남자의 입가에 작은 미소가 번졌다.

로또 기계는 주지 않을 모양인데……. 준비하시고오오, 쏘세요……. 차라리 옛날이 좋았지.

남자가 그렇게 중얼거리며 미소를 지었다. 마침 고개를

낮춰 부스 안을 들여다보던 긴 생머리 여자가 혼자 웃는 노인을 보고 놀란 표정을 지었다. 여자는 구멍으로 밀어 넣으려던 지폐를 주머니에 도로 넣고는 황급히 부스를 떠났다. 초로의 남자는 반투명 아크릴 판 너머로 여자를 바라보았다. 지하철이 들어오고 있었고 여자는 벌써 기둥 앞의 노란 선까지 가 있었다. 여자는 다가오는 열차 쪽에 시선을 두고 있다가 복권 판매소 쪽을 힐끗 바라보고는 다시 열차를 응시했다.

열차가 도착하자 여자는 열차 안으로 사라지고 사람들이 한꺼번에 쏟아져 나왔다. 남자는 시선을 거두어 판매대 안쪽에 놓여 있는 손거울을 바라보았다. 손바닥만 한 거울이었다. 작은 알루미늄 막대기가 뒤를 받치고 있었다. 손거울에 늙은 남자의 붉게 충혈된 두 눈이 보였다. 두 눈은 곧 튀어나올 듯 팽팽하게 부풀어 있었다. 안구는 혈관이 팽창해서 곧 피가 새어 나오기라도 할 것 같았다.

남자는 손거울 옆에 있는 안약을 집어 들고 고개를 뒤로 젖혔다. 왼손 엄지와 검지로 오른쪽 눈꺼풀을 벌려 눈구멍을 넓게 만들었다. 오른손으로는 쥐고 있는 안약을 가볍게 눌렀다. 서너 방울이 눈가에 떨어졌다. 몇 방울은 안구로 흘러 들어갔지만 대부분은 눈두덩 근처에 떨어져 얼굴 옆으로 흘러내렸다. 안약은 좀처럼 눈 속으로 들어가지 않았다. 남자는 안약을 왼쪽 눈으로 옮겨 자세를 취한 후

같은 동작을 반복했다. 왼쪽 눈가에 떨어진 안약 역시 눈에 흘러들지 못하고 얼굴 옆으로 흘러내렸다.

여보, 피곤하다……. 잠이 와야 말이지.

남자는 안약을 든 채 왼손 손가락을 하나하나 안으로 접어 넷을 꼽았다. 엄지와 검지, 그리고 중지와 무명지가 포개졌다. 잠을 이루지 못한 것이 벌써 나흘째였다. 이제는 홈쇼핑을 봐도 소용이 없었다. 밤새도록 홈쇼핑 채널에 눈을 두고 있었지만 예전과 달리 잠은 오지 않았다. 홈쇼핑 채널에는 밤이 새도록 옷과 컴퓨터와 운동기구와 처음 보는 물건들이 지나갔다.

오늘은 약을 좀 먹어 봐야지. 당신이 교대를 해 줘야 내가 잠을 잘 텐데.

남자가 이렇게 중얼거리는데, 민소매 티셔츠를 입은 청년 하나가 고개를 외로 숙이고 판매 부스 안의 남자에게 물었다.

로또, 없어요?

청년은 남자의 왼쪽 어깨쯤을 힐끔거리다가 진열대에 늘어놓은 복권들로 시선을 옮겼다. 플러스플러스 복권, 스피드플러스 복권, 슈퍼코리아연합 복권, 빅슈퍼더블 복권 따위들이 가지런히 놓여 있었다.

로또는…… 없수.

뜸을 들이며 남자가 대답했다. 청년은 남자에게인지 제

옆에 서 있는 젊은 여자를 향해서인지 빠르게 중얼거렸다.

응? 로또가 없는 데도 있네.

젊은 여자가 청년의 팔을 잡아당기면서 말했다.

무슨 로또야, 가자 응?

판매소 안에 앉아 있는 초로의 남자가 흐흐 웃었다. 남자의 작은 웃음소리는 아크릴 창에 난 구멍 사이로 흘러 나갔지만, 멀어져 가는 청년과 젊은 여자를 따라가지 못한 채 허공에 스며들었다.

로또라는 게 나온 지 1년이 넘었는데도 남자의 매대에는 그 복권이 없었다. 복권방이라는 이름의 가게들이 무성하게 생겨났다. 로또는 판매량이 나날이 늘어나는 모양이었다. 남자의 판매대가 있는 지하철 역사에도 개찰구 바깥쪽에도 로또 판매소가 있었다. 계단을 올라가 지상으로 나가면 역 주변에만 세 개의 복권방이 생겼다. 심지어는 거리의 신문 가판대에서도 로또를 팔았다. 하지만 공사와 복권 판매를 맡은 은행은 지하철 역사 안의 복권 판매대에 로또 단말기 설치를 허가해 주지 않았다. 지하철에서 오래 복권을 팔던 사람들 사이에서 연판장이 돌았다. 뭔가 데모라도 해야 하는 것 아니냐는 얘기였다. 남자는 멍한 눈으로 연판장을 바라보았지만, 글자들은 그의 시선에 고이지 못하고 사라지곤 했다.

늙은 남자는 판매소 안에 앉은 채 양팔을 들어 올렸다.

천천히 어깨를 돌렸다. 어깨뼈들이 바드득거리며 자리를 잡았다. 남자는 없는 왼손의 손가락 마디마디를 오른손으로 한 번씩 꺾어 준 후, 손을 바꾸어 같은 동작을 반복했다. 그리고 오른팔을 안으로 굽히고 텅 빈 왼팔을 앞으로 쭉 펴서 화살 당기는 자세를 취했다.

준비하시고오, 쏘세요.

날아간 화살이 과녁의 한가운데에 꽂혔다. 두 팔을 내리면서 남자가 중얼거렸다.

여보……, 집은…… 추운가?

*

아크릴 창 너머에서 여자 하나가 고개를 숙인 채 남자를 바라보고 있었다. 30대 중반쯤으로 보이는 여자였다. 여자의 눈에는 약간 피로한 듯 핏줄이 얼비쳐 있었다. 여자는 남자의 왼쪽 어깨를 물끄러미 바라보다가 남자의 눈에 시선을 맞추면서 말했다.

로또 없으면……, 1000원짜리로 아무거나 다섯 장만 주세요.

여자 옆에는 네댓 살쯤 되어 보이는 여자아이 하나가 멍한 표정으로 서 있었다. 아이는 복권 판매소에 눈을 두고 있었지만, 아크릴 판 안쪽을 바라보는 것은 아닌 듯했다.

시선이 알 수 없는 먼 곳을 향해 있었다. 아이의 표정은 아이의 표정 같지 않았다. 세상의 모든 것을 아는 사람의 표정이라고, 늙은 남자는 생각했다.

여기는…… 로또가 없어요.

남자가 천천히 중얼거렸다. 남자는 1000원짜리 복권 다섯 장을 세어 아크릴 판 아래로 내밀고 여자가 건넨 5000원권 지폐를 받았다. 남자의 말을 들었는지 못 들었는지 여자는 복권을 받아 핸드백에 넣었다.

아이의 손을 잡고 판매소에서 멀어져 가는 여자를, 남자는 물끄러미 바라보았다. 아이는 한 손으로 여자의 손을 잡고 있었지만, 다른 쪽 팔은 걷는 리듬에 맞지 않게 흔들거렸다. 아이의 몸은 걸음에 맞추어 움직이지 않았다. 몸이 있어서 걸음이 있는 것이 아니라, 걸음이 먼저 있어서 몸이 따라가는 듯했다. 무언가 균형이 어긋나 보였지만 그런 모습이 매력적이라는 생각이 들었다.

준비하시고오……, 쏘세요.

남자는 여자와 아이에게 시선을 둔 채 중얼거렸다. 오른손으로 왼손 손가락의 뼈마디들을 하나씩 눌러 주었다. 뼈가 제 위치를 찾아가는 듯 작은 소리가 흘러나왔다.

여자와 아이는 커피 자판기 옆에 서 있었다. 반대편 선로의 열차가 굉음을 내며 떠났다. 그때 여자의 손이, 잡고 있던 아이의 손에서 스르르 빠져나가는 것을, 복권 판매소 안의 늙은 남자는 보았다. 아이가 고개를 돌려 판매소 안의 남자를 바라보았다고 생각하는데, 여자가 아이를 떠나 노란 안전선 쪽으로 걸어가기 시작했다. 아이는 걸어가는 여자의 등을 물끄러미 바라볼 뿐이었다.

남자는 여자의 뒷모습이 이상하다고 생각했다. 여자의 뒷모습이 조금씩 흔들리고, 그렇게 조금씩 흔들리다가, 여자가 여자에게서 흘러나왔다. 초로의 남자는 눈을 감았다 떴다.

여보, 난 잠을 자지 못했어.

남자는 중얼거렸다. 안전선 근처에서 여자의 뒷모습이 고장 난 텔레비전 화면처럼 흔들렸다. 판매소 안의 남자는 눈에 힘을 주고 여자를 노려보았다. 여자가 서 있고, 여자에게서 흘러나온 여자가 노란 안전선 쪽으로 걸어갔다. 흘러나온 여자는 안전선 앞에 잠시 멈추었다. 그리고 오른손으로 관자놀이 근처를 누르는 것 같았다. 두통이 있는 듯한 자세였다. 여자가 관자놀이를 매만지는 동안 여자 뒤의 여자가 앞의 여자를 따라 천천히 걸어가 부드럽게 겹쳐졌다. 그때 열차 진입 안내 방송이 역사에 울려 퍼졌다.

지금 열차가 도착할 예정이오니, 승객 여러분께서는 한 걸음 물러서 주시기 바랍니다.

터널 저편에서 열차의 불빛이 서서히 다가왔다. 안전선 앞에 서 있던 여자의 고개가 천장을 향해 잠시 들렸다가 서서히 내려왔다. 여자는 한 손으로 머리를 누른 채 정면을 바라보는 것 같았다. 여전히 뒤에 선 아이는 여자의 등에 시선을 두고 있었다.

그 순간 남자는 노란 선 위에 서 있던 여자에게서 다시 여자가 흘러나오는 것을 보았다. 흘러나온 여자는 문득, 열차 진입로로 뛰어내렸다. 아니 그것은 뛰어내린 것이라고는 할 수 없었다. 흘러나온 여자가 그저 열차 진입로 쪽으로 걸어가 사라져 버린 듯했다. 여자는 아무것도 없는 진입로의 허당에 자연스러운 자세로 한 발을 내딛더니, 균형을 잃고 두 팔로 허공을 붙잡으며 진입로 아래로 떨어졌다. 그러자 멍하니 머리를 누르고 있던 뒤의 여자 역시 앞의 여자를 따라, 쏟아지듯, 진입로 쪽으로 사라졌다. 그 순간 열차가 여자를 통과했다. 순식간의 일이었다.

판매소 안의 남자는 다시 눈을 감고 말했다.

……여보, 난 잠을 자지 못했어.

남자가 눈을 뜨자 급정거하는 열차의 굉음이 역사를 갈기갈기 찢었다. 사람들이 몰려들었다. 남자는 복권 판매 부스에 멍하니 앉아 있었다. 여자와 함께 있던 아이가 저만치 등을 보인 채 멀어져 가는 게 보였다. 아이는 뒤꿈치를 들고 조금 불균형한 자세로 걷고 있었다. 팔과 몸과 다리의 리듬이 서로 어긋나 있었다.

증언

7월 22일 화요일 밤

여자의 죽음은 신병과 가정환경을 비관한 자살로 간단히 처리되었다. 유서가 없는 데다 당일 여자의 언행 등 몇몇 정황이 미심쩍긴 했지만 달리 처리할 수도 없었다.

　여자의 모친이라는 노인은 경찰에서 자기 딸은 절대 자살한 것이 아니라고 주장했다. 그날 아침의 통화에서 여자는 곧 출간될 동화책에 대해 말했다고 했다. 여자의 모친은 그 동화가 바다표범과 에스키모의 사랑 이야기라고 덧붙였다. 여자가 내년쯤에는 대학원 특수교육학과에 진학할 요량이었다는 대목에서, 여자의 모친은 눈물을 흘리다가 급기야 통곡을 하기 시작했다. 이런 이야기를 하는 사람이 자살을 한다는 게 말이 되느냐고, 여자의 모친은 목이 메어 주장했다.

하지만 이 주장은 몇몇 목격자들의 증언에 의해 어렵지 않게 부정되었다. 목격자들이 제공한 증언은 상당 부분 일치하는 것이었다. 여자는 지하철이 진입 중이라는 안내 멘트가 나오자마자 천천히 앞으로 걸어 나갔다고 했다. 아주 자연스러운 자세였기 때문에, 달려 들어오는 열차에 여자가 뛰어들리라고는 아무도 상상할 수 없었다. 열차가 역사로 진입하는 순간 여자는 안전선을 넘어 열차 진입로로 뛰어내렸다. 눈 깜짝할 사이의 일이었다.

이것이 목격자들의 공통된 증언이었다. 담당 경관은 약간 난감하다고 생각했다. 목격자들의 증언에도 불구하고 여자의 옷에서 유서 같은 것은 나오지 않았다. 대신 주말에 추첨 예정인 복권 다섯 장이 수거되었다. 자살하려는 여자가 아이를 데리고 자살 장소에 나갔다는 것도 납득이 되지 않았다. 게다가 근접 거리에서 여자를 목격한 관련자들의 증언은, 사고 당시 승강장에 있던 일반 목격자들의 증언과 조금씩 달랐다.

복권 판매인과 기관사의 증언이 그랬다. 승강장에 있던 사람들 중 여자의 죽음을 가장 가까이에서 본 것은 복권 판매소의 늙은 남자였지만 그의 증언은 횡설수설에 가까웠다. 늙은 남자는 자꾸 여자가 둘이라고 주장했다. 여자가 둘로 나뉘어 흔들리다가 진입로로 사라져 버렸다는 것이다. 경관은 각진 얼굴에 얽은 자국이 군데군데 나 있는 노인의 말을 가만히 듣다가, 추가 질문을 하지 않고 현장을 떠났다.

사고 열차를 몰던 기관사의 조서를 작성하면서 경관은 복권 판매소의 노인에 대해 다음과 같이 말했다.

왼쪽 팔이 없는 노인네인데, 정신이 오락가락하드만요. 얘기를 하다가도 걸핏하면, 준비하시고오…… 쏘세요, 그러더라니까. 근데 이 늙은이가, 여자가 하나가 아니라는 거야. 여자는 그냥 죽은 게 아니고 둘이 돼서 사라졌다는 거지. 그러면서 하는 말이, 뭔가 피치 못할 사고가 있었던 것 같다는 거야……. 피치 못할 사고라……. 노인네가 참 웃긴다니까요.

50 줄에 들어서자마자 인생의 피로감을 느끼던 경관은, 젊은 기관사를 앞에 앉혀 놓고 불필요한 말까지 덧붙여 가며 떠들고 있었다. 평소와 달리 말이 너무 많은 건 아닌가 하고 스스로도 의아할 정도였다. 앞에 앉아 있는 기관사의 얼굴이 희고 맑아서 그렇다고, 경관은 생각했다. 30대 중반이었는데도 기관사의 얼굴에는 청년티가 남아 있었다. 그게 짧은 인중 때문인지, 아직 주름이 없는 눈가 때문인지, 조금은 섬약한 듯 투명해 보이는 피부 때문인지는 확실치 않았다. 혹은 두 무릎에 양손을 올린 채 정좌하고 있는 예의 바른 자세 때문인지도 몰랐다. 경관은 기관사의 반응을 잠시 기다리다가 담배를 꺼내 물고 말을 이었다. 상황에

맞지 않게 약간의 훈계조가 끼어들었지만, 어쩐지 자연스러운 것처럼 느껴졌다.

인생이란 게 그래요. 그 노인네, 참 안됐드구만. 몇 개월 전에도 경찰서에 왔었어요. 복권 판매소에 와서 시비 거는 취객을 때려눕혀 버린 거야. 취객 하나가, 로또 때문에 인생 망했다, 뭐 그런 식으로 시비를 걸었지. 거긴 로또도 안 파는데 말이야. 노인네가 가만히 앉아 있다가 갑자기 부스를 나와서 얼굴을 후려쳤다드군. 취객은 그 자리에 뻗었고. 그래서 내가 그랬지. 팔이 하나뿐인 노친네께서 싸움도 잘하신다고. 근데…… 칭찬을 듣더니…… 갑자기 이 노인네가 신이 나서 하는 말이, 자기는 왼손으로 쳤다는 거야. 오른손으로는 건드린 적이 없다드군. 내 어이가 없어서……. 마침 협조 와 있던 역사 직원이 그러는데, 그 노인네는 자기가 왼팔이 있는 걸로 착각한다는 거야.

경관은 이 대목이 핵심이라는 듯 흥에 겨워 왼손을 들어 올리며 말했다.

그러니까, 왼팔이 없는데 왼팔의 감각은 고스란히 남아 있다는 거지. 팔 잘리고 나면 그런 느낌이 올 수 있다드구만. 환상지라든가 뭐라든가. 왜, 손가락 '지' 자 써서 말예요. 팔이나 다리가 없어졌는데 없는 팔이나 다리를 있는 것처럼 느끼는 거지. 하여튼 시간이 지나면 그 증상이 사라져야 되는데, 이 노인네는 그게 더 심해진 거야. 심지어는 없는 왼손으로 손가락들을 하나하나 꼽으며 셈을 할 정도래. 옆에서 보고 있으면, 정말 노인네한테는 보이는 손가락이 자기한테만 안 보이는 것처럼 느껴질 정도라니까. 그러니까 없는 왼팔로 사람도 때려눕히지.

경관은 하하, 웃고 나서 말을 마무리했다.

요컨대 노인네가 정신이 왔다 갔다 한다는 거지.

경관은 노인네의 없는 왼팔을 설명하기 위해 들었던 왼손을 천천히 내려놓았다. 그러면서 기관사의 얼굴을 쳐다보았다. 기관사의 오른손이 경관의 왼손을 따라 조금 올라갔다가, 경관이 바라보자 천천히 내려갔다.

기관사는 침착한 표정으로 진술을 하고 있었지만 필요 이상으로 장황한 데가 있었다. 간단히 정황을 듣고 조서만 작성하면 되는데 진술 시간이 길어지고 있었다. 경관은 기관사뿐 아니라 자신도 어쩐지 말이 많다고 생각했지만, 이쯤에서 한마디 해 두어야 할 필요를 느꼈다.

근데 젊은 기관사 아저씨가 노인네처럼 오락가락하면 어떡하냐구.

사실 경관은 기관사의 혼란스러운 진술 때문에 약간의 짜증을 느끼고 있었다. 노인네의 횡설수설이야 문제가 아니지만, 사고 열차를 몰던 젊은 기관사의 증언이라면 또 얘기가 달랐다. 여자의 모친이 경찰서를 휘젓고 간 데다, 남편이라는 사람은 잘 부탁한다며 경관에게 봉투를 내밀기까지 했다. 자살 사고에 웬 봉투? 구린 게 있나? 그런 생각을 하지 않을 수 없었다.

기관사 역시 자살이 아니라 사고인 것 같다고 증언했다. 기관사가 사고라고 증언한다면 귀찮은 문제들이 발생할 것이었다. 자살이 아니라면 책임 소재를 밝히는 일부터 시작해야 할 텐데, 특히 지하철 시설과 관련된 사고라면 공사쪽과 함께 처음부터 재조사를 벌여야 했다. 이런 명백한 자살 사건이 복잡해지는 건 질색이었다. 경찰대 출신의 깐깐한 젊은 소장에게 올릴 보고서를 늦출 수는 없다고 경관은 생각했다. 그는 기관사에게 사고가 난 역사의 CCTV 화면을 보여 주면서 말했다.

보슈, 저게 사고가 날 덴가. 사람들이 많은 것도 아니고, 장애물이 있는 것도 아니고, 여자가 술에 취한 것도 아니고.

흑백 화면은 자꾸 흔들리고 있었다. CCTV 기기가 노후한 데다 사양이 낮아서 화면 판독이 쉽지 않았다. 승강장에 서 있는 여자는 흔들리는 화면 때문에 좌우로 겹쳐 둘로 보이기까지 했다. 여자가 진입로 쪽으로 이동해 가자, 움직임 때문에 여자의 이미지는 더 흔들려 보였다. 앞서 걸어가는 여자가 있고, 희미하게 그 뒤를 따라가는 여자가 있었다. 화면이 좌우로 떨리고 겹쳐서 정확하게 상황을 판단하기가 쉽지 않았다.

하지만 여자가 정상적인 걸음으로, 아니 지나치게 자연

스럽지 않은가 싶은 자세로, 열차 진입로를 향해 걸어가는 것만은 틀림없어 보였다. 자살자 특유의 불안하거나 갑작스러운 동선은 보이지 않았다. 승강장의 이쪽에서 저쪽까지 헤매면서 걸어 다니지도 않았고, 플라스틱 의자에 앉아 있다가 갑자기 열차를 향해 뛰쳐나간 것도 아니었다. 소리를 지르지도 않았고 비명도 없었으며 울고 있는 것도 아니었다. 여자는 다만 가만히 서 있다가 천천히 앞으로 걸어갔을 뿐이었다. 여자의 주위에 다른 사람들은 보이지 않았다. 화면은 검은 이물질들이 떠다니는 듯 탁한 느낌이 들었다. 여자의 뒤쪽 약간 떨어진 곳에 아이 하나가 서 있을 뿐 다른 승객들은 보이지 않았다. 특별한 장애물도 없었다. 여자가 머리 언저리를 매만지다가 안전선을 벗어나 양팔로 허공을 붙잡는가 싶더니, 순식간에 진입로 안으로 빨려 들어갔다. 그리고 그 순간 열차가 들이닥쳤다.

젊은 기관사는 고개를 갸우뚱하게 기울인 채 CCTV 화면에서 눈을 떼지 않았다. 변화가 없는 표정이었다. 경관은 이 기관사가 상당히 담이 큰 친구라고 생각했다. 자기가 몰던 열차가 사람을 치는 순간에는 고개를 돌려 버리거나 눈빛이 흔들리는 게 인지상정이니까.

그나저나 예산은 대체 엇다들 쓰는 거야? CCTV 카메라나 교체하지. 아니면 그놈의 스크린도어인지 뭔지 빨리빨리 설치하든가. 그거 설치한다고 뉴스 나온 게 언제인데.

화면을 주시하던 경관이 투덜거렸다. 기관사의 진술 여하에 따라 일 처리가 늦어질 수도 있었다. 지금의 진술은 여러모로 부적절했다. 일반 목격자들은 여자가 진입로로 '뛰어내렸다'고 진술했지만, 기관사는 그렇게 말하기는 좀 곤란하다며 고개를 갸웃하게 기울였다. 기관사는 역사에서 있던 여자의 자세가 처음부터 미묘하게 느껴졌다고 말했다. 경관은 미묘하다는 표현이 상황에 맞지 않는다고 생각했다. 하지만 불필요한 세부 사항을 캐느라 시간을 낭비할 수는 없었다. 기관사의 진술은 다음과 같았다.

여자는 무릎까지 내려오는 꽃무늬 원피스를 입고 자동판매기 앞에 서 있었다. 여자는 다가오는 열차를 바라보다가 다시 전방을 주시하고는, 자연스러운 자세로 안전선 쪽으로 걸어 나와 멈추어 섰다. 여자는 고개를 조금 들고 한 손으로 머리 언저리를 매만지는 듯했다. 그리고 문득 안전선을 벗어나 진입로의 허공을 향해 오른발을 앞으로 내디뎠다. 아무런 거리낌이 없는 자세였다. 다리의 움직임이 부드러워서 거의 우아하기까지 했다. 마치 다가오는 열차 따위는 전혀 보지 못했다는 듯이, 아니 이제 막 도착한 열차를 타려는 듯이, 여자는 자연스럽게 허공을 밟았다. 바로 그 순간, 여자는 제 몸이 균형을 잃었다는 것을 깨달은 듯했다. 깜짝 놀란 표정을 지으며 허공을 부여잡고는 진입로로 추락했다.

기관사는, 자살을 결심한 사람이라면 절대로 그런 자세나 표정을 취하지 않는다는 말도 덧붙였다. 여자가 양손을 휘저으며 균형을 잃는 순간 열차가 들이닥쳤고, 여자의 얼굴이 열차 유리창에 부딪혔다. 그러고는 아래로 사라져 버렸다. 수동 브레이크를 작동시켰지만 충돌을 막을 수는 없었다. 이것이 기관사의 진술이었다.

　그의 진술을 조서로 작성하던 경관은 의아하다고 생각했다. 기관사가 그 순간을 너무 디테일하게 기억하고 있었기 때문이었다. 어떻게 기관사가 자살자의 얼굴 표정까지 기억할 수 있지? 게다가 그 표정에 대해 '부드럽고 우아하다.'는 표현을 쓰는 것은 부적절하지 않나? 기관사는 마치 슬로비디오로 화면을 되돌려 보면서 묘사하는 듯했다. 꿈꾸는 듯한 목소리였고 표정에는 별반 변화가 없었다.

　여자의 얼굴이 앞 유리에 부딪혔어요.

　기관사는 뭔가 생각하는 듯하더니, 여전히 무표정한 얼굴로 말을 이었다. 경관은 기관사의 짧은 인중이 씰룩거리는 것을 보았다.

　여자의 얼굴이 무섭게 일그러졌어요. 마치 근육 하나하나가 따로 움직이고 있었달까요. 피부조직들이 유리 표면에 붙었다가 흩어지는 모습을 상상해 보세요. 열차의 속도 때문에 머리가 유리창에 정지한 듯하다가 순식간에 흩어졌어요. 그때도 여자의 눈은 계속 저를 쳐다보고 있었죠.

기관사는 여자의 눈이 그의 눈과 마주쳤다고 말했다. 유난히 흰자위가 큰 여자의 눈이 정확하게 그의 눈을 바라보았다는 것이다. 기관사는 진술 끝에, 갑자기 궁금한 표정으로 이렇게 되물었다.

분명히 여자의 얼굴이 열차의 앞 유리에 부딪힌 거거든요. 그런데 어떻게 그 짧은 순간에, 거의 몇 초 동안이나 눈이 마주칠 수 있는 거죠?

경관은 노트북 자판 위에서 부지런히 움직이던 두 손을 멈추고 기관사를 물끄러미 바라보았다. 기관사가 다시 입을 열었다.

그 눈빛이 기억나요. 나는 그 눈을 오랫동안 마주 본 게 분명합니다……. 하지만 이런 건…… 물리적으로 불가능하지 않을까요?

혼잣말인 듯 중얼거리는 기관사의 눈은 경관을 보고 있지 않았다. 그의 시선은 눈앞에 앉아 있는 경관의 몸을 통과해서 먼 곳을 향하는 것 같았다. 기관사의 눈빛이 잠시 흔들렸다가 예의 그 표정 없는 얼굴로 되돌아갔다. 경관은 고개를 절레절레 흔들었다.

이봐요, 병원이라도 가 보는 게 어때요? 그 정신 상태로 안전 운행이 되겠어요?

경관은 어쩐지 짜증스러운 마음이 되어 기관사에게 충고했다.

물론 경관이 기관사의 진술을 조서에 다 써넣은 것은 아니었다. 운전실 앞 유리에 부딪힌 자살자의 눈이 기관사의 눈과 몇 초 동안 마주쳤음…… 이라고 적어 넣을 수는 없는 일이었다. 경관은 자리에서 일어나 기관사에게 따뜻한 커피를 타다 주었다. 크림과 설탕을 듬뿍 넣었다.

　　마음이 여린 기관사가 충격 때문에 제정신이 아니야.

　　경관은 약간의 연민을 느꼈다. 종이컵을 받아 든 기관사는 설탕을 좀 더 넣고 싶다고 경관에게 말했다. 컵 안에서 갈색의 탁한 액체가 출렁거렸다.

홈드라마

7월 22일 화요일 밤

사고 연락을 받자마자 남자는 급히 귀경했다.

여행이라…… 오랜만이군, 이라고 중얼거리며 목적지에 막 도착한 순간이었다. 조수석에 앉아 있던 선희는 서울로 돌아가야 한다는 남자의 설명을 듣고는 차창 밖으로 시선을 돌렸다. 가타부타 말이 없었고 표정이 없었다.

두 사람은 전직 국회의원 사무실의 행정 비서로 지난 선거 때 일을 시작한 동료였다. 행정 비서라고는 하지만 말단이었고 연봉도 얼마 되지 않았다. 경력을 위해 마지못해 합류한 일이었다. 친구들에게는 국회의원 보좌관 일이라고 말해 두었지만 죄책감은 들지 않았다. 보좌관이나 행정 비서나…… 현직 국회의원이나 전직 국회의원이나…… 어차피 집권당도 아니고…… 저물어 가는 보수 야당인데…….

남자는 중얼거렸다.

전직 국회의원은 신발 공장 오너로 몸집이 크고 목소리도 컸다. 자수성가한 사람답게 확고한 역사관을 갖고 있는 소위 '꼴통'이었다. 보수 야당에서 국회 몸싸움에 대비해 캐스팅했을 거라는 농담까지 들었지만, 그나마도 낙선한 이후에는 찬밥 신세였다. 사무실이 다음 선거 때까지 유지될는지조차 확신할 수 없었다.

차창 밖에는 워크숍이 열릴 해안가의 콘도미니엄이 유화처럼 서 있었다. 원경으로 올망졸망한 섬들이 석양을 등진 채 거뭇하게 보였다. 산을 깎아 낸 부지에 야트막하게 세워진 콘도에는 회의실뿐 아니라 다양한 레포츠 시설이 갖추어져 있다고 했다. 전현직 국회의원들이 모이는 소규모 워크숍이 예정돼 있었다.

서울에서 서해안고속도로를 따라 두 시간 넘게 운전한 끝에 목적지에 도착한 순간, 남자의 휴대전화가 울렸다. 그리고 남자의 일정은 취소되었다. 전화를 끊은 후 남자는 사정을 설명하고 콘도 앞에 선희를 내려 주었다. 핸들을 빙빙 돌려 방향을 바꾸었다. 차는 오던 길을 그대로 되짚어 다시 고속도로로 들어섰다. 내려올 때 보았던 창밖의 풍경들이 방향만 바뀐 채 펼쳐져 있었다. 차창을 조금 내렸지만 상쾌한 바람은 불지 않았다. 람슈타인의 음악은 꺼지고 차 안에는 정적만 감돌았다.

남자는 강변북로를 달려 병원으로 갔다. 안치실에서 시신을 확인한 후 경황없이 경찰서에 들렀다. 많은 것이 어긋나고 있다고 생각했지만 무엇이 어긋나고 있는지는 알 수 없었다. 그는 경찰서로 향하면서 선희에게 전화를 넣었다. 선희는 받지 않았다.

경찰서에서 그는 아내에게 평소 약간의 우울증 증세가 있었다고 증언했다. 자주 두통을 호소했으며, 남의 말을 중간에 가로채거나 넘겨짚고 말하는 등 신경증 증세가 심했다는 말도 덧붙였다. 진술을 하면서 남자는 경관이 건네준 담배를 깊이 들이마셨다. 자신에게 다른 사람이 생겼다는 걸 눈치챘는지도 모른다는 생각이 떠올랐지만, 그 말은 진술에 추가하지 않았다. 불필요한 오해를 살 수 있었다. 설령 알고 있었다고 하더라도 여자가 겨우 그런 것 때문에 자살을 할 리는 없었다. 어차피 여자는 자신을 사랑하지 않았으니까. 남자는 그렇다는 것을 오래전부터 잘 알고 있었다. 그는 죄책감을 느끼지 않았다.

어쨌든 갑작스러운 일이었다. 자살로 처리된다면 보험금도 받을 수 없다는 걸 깨달았지만, 그런 생각은 여자에 대한 예의가 아니라는 생각이 뒤따라왔다. 보험을 들기는 들었는데…… 그게 무슨 보험이었던가. 질병 상해뿐 아니라 사망 시 보험금도 포함된 것이었는지 기억나지 않았다. 남자는 깊이 들이마신 숨을 천천히 내쉬면서 고개를 저었다.

경관은 남자의 침통한 얼굴을 바라보면서 함께 한숨을 내쉬어 주었다.

*

경찰서를 나오면서 남자는 하늘을 쳐다보았다. 밤 구름 몇 점이 희미하게 떠 있었고, 비둘기들이 떼를 지어 옥상에서 옥상으로 날아갔다.

웬…… 이런 밤에.

남자는 비둘기들을 바라보면서 거리를 걸었다. 경찰서 앞길은 유흥가로 이어졌다. 7월도 하순이었고 날은 후덥지근했으며 밤거리는 북적이고 있었다.

남자는 여자가 보고 싶다고 생각했다. 아이의 무심한 눈빛이 함께 떠올랐다. 거리의 풍경이 조금 흐릿해졌다. 모든 것은 미묘한 타이밍에 일어난다. 곧 이사를 갈 예정이었고, 만족스럽지는 않지만 취직도 되었다. 모든 것이 순조롭게 진행될 수 있었다. 곧 무너질 것 같은 아파트를 벗어나기 위해서 남자는 많은 땀을 흘렸다. 이제 겨우 대출을 받고 이사를 갈 수 있게 되었는데…… 여자가 떠난 것이다.

처음부터 여자는 유별난 데가 있었다. 남자는 여자와 함께 있으면 미묘하게 불편하다는 생각이 들곤 했다. 여자는 남자의 말을 번번이 앞질러 갔으며 때로는 남자의 말을 아예 이해하지 못한 것 같은 표정을 지었다. 남자가 무슨 말을 해 놓고 보면, 여자의 말은 저만치 다른 곳에서 남자의 말을 멀뚱히 쳐다보고 있는 꼴이었다.

하지만 여자에게는 콕 집어 말하기 어려운 매력이 있었고 무엇보다도 현실적인 능력이 있었다. 통역을 하던 시절에 여자의 시간당 급료는 남자의 빈약한 월급에 비할 바가 아니었다. 신춘문예에 당선되자마자 여자는 적성에 맞지 않는다며 통역 일을 그만두고 동화를 쓰기 시작했다. 남자는 말렸지만 여자는 남자의 생각 같은 것에는 별반 영향을 받지 않는 듯했다. 얼마간의 시간이 흐른 뒤에는, 프리랜서 통역 일을 하던 시절에는 미치지 못해도 꽤 많은 수입을 올리는 동화 작가가 되어 있었다.

남자는 마음이 상하는 것을 느꼈다. 여자가 자기보다 좋은 대학을 나온 것만으로도 이미 조금은 불편한 터였다. 여자의 표정은 때로, 당신이 하는 말은 내 예상에서 한치도 벗어나지 못해, 라고 말하는 듯했다. 그러면서도 여자의 얼굴에는 어딘지 멍한 표정이 수시로 떠오르곤 했다.

결혼 전에는 모든 것이 매력이었다. 남자는 정말 여자에게 빠졌다. 여자는 어딘지 비어 있는 듯하면서도 신비로운 얼굴을 하고 있었다. 명문대 출신의 통역사라고 여자를 소개하면 친구들은 눈빛을 달리하곤 했다.

제수씨, 이놈 밤 실력이 시시하죠? 하면서 눙치고 들어오는 녀석들도 있었지만 어쩐지 제풀에 수그러졌다. 이유는 확실하지 않았다. 사람들을 바라보는 여자의 눈빛 때문이었는지도 모른다. 여자의 시선은, 뭔가 재미있는 반응을 기대하고 여자를 바라보던 친구들의 능글능글한 표정을, 단숨에 멋쩍은 것으로 만들었다.

남자들만 모인 자리에서 그들은 여자에게 상당한 매력이 있다고 결론을 내렸다. 어딘지 모호하면서도 이해할 수 없는 신비로움이 있다고 누군가 말하자,

그거, 혹시, 백치미라는 거 아닐까?

하고 다른 녀석이 말을 받았다. 녀석은 그게 친구의 파트너에 대해 할 말이 아니라는 걸 깨닫고는 급히 말을 돌렸다.

아, 미안, 미안. 그런 뜻이 아니고……. 그나저나 요즘 한나라당 애들은 뭘 하는 거야?

그의 말은 묵살되었다. 좌중은 이미 여자에 대한 생각을 멈출 수 없었다. 모두들 곤혹스럽지만 뭔가 흥미롭다는 표정을 지어 보였다. 생각날 듯 생각날 듯하면서도 번번이 조금씩 늦게 떠오르는 정답 때문에 즐거운 곤혹을 치르고 있는 퀴즈 출연자의 표정과 비슷했다.

남자는 진심으로 여자를 사랑한다고 생각했다. 여자의 눈과 코와 입의 모양새는 어딘지 어긋나 있는 느낌이었다. 그래서 더 묘한 분위기를 자아냈다. 눈은 그리 크지 않았

지만 물속처럼 투명한 눈빛은 먼 곳까지 닿는 느낌이었다. 광대뼈 부분이 미세하게 튀어나와 전체적인 인상을 흐리고 있는 게 단점이라면 단점이었다. 결혼 전에 남자는 여자를 바래다준 후 돌아오면서 혼자 중얼거리곤 했다.

이 사람, 뭔가 모를 매력이 있다니까. 특히 그 눈빛.

하지만 여자의 매력은 눈빛이나 약간 멍한 표정에만 있는 것은 아니었다. 친구들과의 술자리에서 여자는 대체로 입을 열지 않았다. 하지만 한마디씩 할 때마다 좌중의 시선을 단번에 끌어모았다. 특별한 얘기가 아니었는데도 어쩐지 여자를 바라보지 않으면 안 될 것 같은 느낌을 주었던 것이다.

몇몇 친구들이 모인 어느 술자리에서였다. 교사, 강사, 그리고 아직 실업자 신세인 대학원 출신 먹물들의 모임이었다. 서양 사상에 대한 동양 사상의 우월성을 지루하게 떠들던 시간강사가 하나 있었다. 입심은 둘째가라면 서럽지만 분위기 못 맞추는 데는 타고난 녀석이었다. 노자, 장자에서 맴돌던 녀석의 이야기는 드디어 데리다를 끌어들이면서 점입가경을 이루고 있었다. 디페랑스인가 하는 용어가 유행이라는 얘기는 들어 봤지만 그걸 술자리에서도 들어야 하나…… 그런 표정들이었다. 동석한 사람들은 모두 그의 지루한 강의에 야유를 보낼 준비를 하고 있었다.

하지만 누군가 솜씨 좋게 이야기 사이에 끼어들어 화제

를 돌리려 해도 녀석의 입심은 집요하게 제 주제로 돌아
갔다.

그렇기 때문에 해체는 해체가 아니라 탈구축이다 그 말
이지…….

확실히 녀석은 90년대적인 유행 속에 있었다. 녀석의 말
이 잠시 끊어진 틈을 타서 남자가 순발력 있게 개입을 시
도했다.

자, 데리다는 네가 데려가고, 뭐 안주나 하나 더 시키지
그래?

하지만 녀석은 다른 사람들이 맞장구를 치기도 전에 남
자의 말을 받았다.

데리다를 데려가? 하여튼 니 유머 썰렁한 건 알아줘야
한다니까. 피앙세 옆에 두고도 안 고쳐지냐?

녀석은 남자와 여자를 번갈아 쳐다보며 면박을 주고는
말을 이었다.

내가 하는 말은, 서구 현대 철학이라는 게 실은 동양 쪽
에서 보면 대단히 상투적인 걸 수도 있다, 그 말이지. 특히
불교적 사유를 끌고 들어오면…….

술자리에서 혼자 떠드는 게 녀석의 취미이긴 했지만 그
날은 도가 지나쳤다. 커플 모임이라는 사실이 무의식중에
흘러들었을 테지만, 그의 머릿속에는 어쩐지 오늘 말이 잘
풀린다는 생각만이 스쳤을 것이다.

팔짱을 끼고 앉아 있던 남자는 이제 약간 노골적으로 불만스러운 표정을 짓기 시작했다. 남자도 제 연인이 동석해 있다는 사실을 의식하고 있었다. 남자가 친구들에게 약혼녀를 인사시키는 자리인데 이건 주인공이 뒤바뀐 형국이었다.

강사의 장광설은 급기야 죽음에 대한 동양의 사유에 이르렀다. 삶과 죽음의 관습적인 경계가 마구 흐려지고 있었다. 죽음의 인문학적 중요성을 설파하던 녀석의 이야기가 중국과 일본을 거쳐 티베트와 인도에 도달했을 때, 드디어 녀석도 사람들의 표정이 심상치 않다는 걸 깨달은 듯했다. 그는 이쯤에서 동양 사상이 얼마나 급진적이고 시대를 앞선 것인지 강조할 필요가 있다고 생각했다. 그때 다소곳하게 앉아 있던 여자가 불쑥 입을 열었다. 초면이었고 친구의 연인이었다.

바라나시에 가면 시체가 되기 위해 기다리는 곳이 있는데, 보셨나 봐요?

여자의 말은 표현이 좀 기괴하다 싶긴 했지만, 강사가 하고 싶은 말의 핵심을 찌른 것이었다. 인도 갠지스강 변의 화장 풍습과 그곳에서 죽음을 기다리는 사람들의 이야기를 해 줘야, 지루한 표정을 하고 있는 치들이 솔깃해할 것이었다. 나아가 비틀스 멤버들이 왜 그토록 동양 정신에 심취했는지를 설명한 후, 시타르를 즐겨 치던 비틀스 멤버 하나가 인도에서 장례식을 치렀다는 이야기로 이어져야 했다. 이것은 그의 강의 교안 순서이기도 했다.

아, 제가 하려던 말이 바로 그겁니다, 제가 바라나시의 갠지스강에 갔을 때…….

강사의 장광설이 이어질 기미가 보이자, 불만스러운 표정을 짓고 있던 동석자들은 술집 구석의 텔레비전으로 천천히 시선을 옮겼다. 강사의 이야기는 소주 반 잔을 급히 수혈하면서 아연 활기를 띠고 이어졌다. 인도의 화장 풍습에 대한 이야기가 만족스러울 정도로 풀렸기 때문에, 강사는 결론을 내리기 위해 이윽고 의미심장한 표정을 지었다.

그러니까 내 말은…….

마지막 결론을 내리려는 순간, 여자가 다시 물었다.

조지 해리슨 말씀하시려고 그러죠?

사람들의 시선이 다시 여자에게 쏠렸다가 맥없이 흩어졌다. 흩어진 시선들은 더러 뮤직비디오가 흘러나오는 텔레비전으로 돌아가고, 더러는 창밖이나 술집 입구 쪽에 고정되었다. 강사는 여자를 향해 오른팔을 들어 올리며 크게 웃음을 터뜨렸다.

하하, 아하하, 쪽집게시네. 제가 말하려던 게 바로 그겁니다. 조지 해리슨이죠, 조지 해리슨. 아하하.

비디오나 드라마를 볼 때, 여자는 인물의 말이나 스토리의 진행을 예측하는 데 탁월한 재주가 있었다. 가령 화면 안에서 남자 배우가 여주인공을 껴안고 있다가 포옹을 푼다. 그리고 울고 있는 여주인공의 어깨를 잡는다. 그러면,

흥, 가 버리겠다는 거지.

하고 드라마를 보던 여자가 뇌까리곤 했다. 그러면 잠시 후 화면 속의 남자 주인공은,

나…… 갈게.

하고 중후한 목소리에 최대한의 우울을 담아 말하는 것이었다.

뒤돌아봐야지.

하고 여자가 중얼거리면, 나가던 배우는 그 말을 듣기라도 한 듯 걸음을 멈추고 뒤를 돌아보았다. 그 순간 텔레비전을 보는 여자가, 다시는 돌아오지 마, 하고 중얼거리면, 눈물을 흘리던 드라마 속의 여주인공은 언제 그랬냐는 듯 차가운 얼굴로 뇌까리는 것이었다.

다시는 돌아오지 마.

그 말을 끝으로 다음 화 예고편이 시작되면, 소파에 몸을 묻고 있던 남자는 텔레비전을 향해 리모컨을 꼬나들고 채널을 돌려 버렸다. 하지만 그 시간대의 프로그램들

은 대부분 홈드라마뿐이었다. 바뀐 채널에서는 주인공 남자와 주인공 여자의 관계가 한결 좋아 보였다. 하지만 과거의 인연으로 얽히고설킨 양가 부모의 반대 때문에 헤어진 후였다. 당연히 둘은 서로를 몹시 그리워하고 있었다. 여주인공이 밤의 창가에 서서 유리창을 열고 회상하는 자세를 취하면, 멍하니 텔레비전을 바라보던 여자가 중얼거렸다.

이제 사랑에 빠져야지.

그러면 창밖을 바라보는 여주인공의 얼굴 위로 사랑에 빠졌던 과거의 풍경이 오버랩되었다. 남녀 주인공이 해변에서 서로를 잡기 위해 달려가거나, 바이킹 같은 놀이 기구를 타고 즐거운 듯 무서운 듯 비명을 지르는 장면들이었다.

이런 풍경은 결혼 후의 여느 술자리에서도 자주 볼 수 있었다. 오랜만에 만나 서로에게 이미 물어볼 것은 다 물어보았기 때문에 무언가 더 물어볼 것이 없을까 생각하는 소규모 망년회 자리에서라면, 여자의 매력은 더욱 빛났다. 그런 자리에서 참석자들은 대개, 지나치게 화면이 크기 때문에 어쩔 수 없이 보고 있을 뿐이라는 표정으로, 고깃집 벽면에 붙어 있는 프로젝션 텔레비전을 주시하곤 했다. 술기운은 아직 오르지 않았고 실은 알게 모르게 모두들 내키지 않아 하는 술자리였다.

이런 때쯤이면, 텔레비전에 눈을 두고 있던 여자가 좌중의 침묵을 뚫고 제 감각을 발휘하기 시작하는 것이다. 여자는 홈드라마의 주인공들이 하는 말과 행동을 단순하고도 명료한 문장으로 예측했다.

이제 시어머니한테 전화 오겠네.

여자의 말이 끝나기가 무섭게 화면에서는 전화벨 소리가 울려 댔으며,

따귀 한 대 올려붙여야지.

하면 기다렸다는 듯 뺨을 때리는 낭랑한 소리가 울려 퍼졌다. 다 익은 고기를 뒤집기 위해 젓가락을 불판으로 향하던 사람들의 시선이 다시 텔레비전 화면으로 돌아가면, 화면 속의 인물들은 홀린 듯이 여자의 말을 따라 하거나, 여자의 지시라도 받은 듯 행동하곤 했다.

여자와 함께 드라마를 보는 사람들은 언제나 여자의 이런 말 한마디 한마디에 내심 놀라면서도 별것 아니라는 듯 맥빠진 웃음을 흘렸다. 하지만 이런 현상이 네 번이나 다섯 번째쯤 반복되면, 사람들은 어쩔 수 없이 감탄을 하지 않을 수 없었다.

이야, 대단하네.

제수씨는 확실히 감각이 있어, 감각이.

그러면 여자는 그런 것에는 별다른 관심이 없다는 듯 텔레비전에서 고개를 돌려 불판의 고기를 뒤집었다. 사람들은 새로운 화제가 생긴 것에 즐거워하면서 몇 마디쯤을 더

덧붙여 여자를 칭찬한 후, 뒤집은 고기를 다시 뒤집는 것이
었다.

*

남자는 신호등에 눈을 두고 있었다. 붉은 신호가 오래
가고 있었다. 인생의 모든 것이 기이한 타이밍에 이루어진
다고 남자는 생각했다. 인생의 희로애락에 치여 있다가 갑
자기 죽음 같은 것을 맞닥뜨리면, 잊고 있던 것을 떠올리기
라도 한 듯 그제야 삶이라는 것을 깨닫게 되는 것이다. 일
생 동안 돈을 벌기 위해 보낸 시간들, 다른 이의 허점과 약
점과 단점에 대해 떠들면서 보낸 시간들, 아주 중요하다고
생각했지만 며칠이 지난 후에는 전혀 생각나지 않는 사건
들, 그런 것들이 문득 무의미하게 느껴지곤 했다. 그것을
허무라고 부르는 것이겠지만, 그런 것이 삶이라면 허무야
말로 인생 자체이자 인간의 역사 전체가 아닌가. 남자는 인
생에 대한 자신의 결론이 마음에 들었다.

남자는 조지 해리슨이 왜 인도에 가서 장례식을 치렀는
지 곰곰 생각해 보았다. 왠지 조지 해리슨을 이해할 수 있
을 것 같은 기분이 들었다. 하지만 그런 기분이 사라지자,
한편으로는 인도에 가서 죽는 것 자체가 있는 자들의 사치
는 아닌가, 하는 생각이 따라왔다. 결국 죽음에 대해서 열

심히 생각한다는 것은 별다른 의미가 없는 일이라고 남자는 다시 결론을 내렸다. 죽음에 대해 생각한다고 해서 대체 무엇을 어떻게 할 수 있다는 말인가. 문제는 애초부터 간단한 것이다. 죽음이 온다면 죽음을 받아들이면 되는 것이다. 그것이 허무의 본질이자 요체라고 남자는 생각했다. 살아 있을 때는 역시 지금 이 순간의 몸과 기쁨과 슬픔이 중요한 것이다. 그것을 최대한 즐기면 되는 것이다. 삶과 몸과 기쁨과 슬픔을…… 말이다. 남자의 눈시울이 불현듯 젖어 들었다. 길거리에서 눈물을 보이다니. 남자는 비극이 제 몸을 나른하게 감싸는 듯한 느낌이 들었다.

남자는 선희를 떠올렸다. 선희는 잘 웃었다. 만사에 즐거움을 느끼는 재능이 있는 것 같았다. 그러면서도 매사 꼼꼼해서 행정 비서로서 능력을 인정받고 있었다. 다음 선거까지 남을 직원은 선희뿐이라는 얘기가 돌았다. 선희는 그런 소문을 듣고 대꾸했다. 흥, 누가 있겠대? 내가 옮길 건데? 그렇게 말하고는 예의 쾌활한 웃음을 터뜨리는 것이었다. 선희의 삶에는 뭐라 설명하기 힘든 생동감이 있었다. 남자는 아내에게서는 느끼지 못했던 것을 선희에게서 느꼈다. 그걸 한마디로 표현하기는 곤란하지만, 어쩌면 살아 있다는 느낌 같은 것인지도 모르겠다고 남자는 생각했다.

그래도 람슈타인 같은 기괴한 음악은 좀.

남자는 신호등을 바라보며 중얼거렸다. 서해안고속도로

를 달리는 내내 람슈타인의 음악을 들어야 했다.

하긴 선희뿐이 아니다. 아내 역시 가끔 불쾌한 음악을 틀어 놓고는 했다. 힌두스탄 뮤직이라고 쓰인, 무슨 염불 같은 음악이었다. 그러고 보면 아내는 다 알고 있었을지도 모른다. 람슈타인처럼 시끄러운 음악을 남자가 듣지 않는 다는 것도 알고 있을 것이다. 아내는 텔레비전 홈드라마의 다음 대사를 귀신처럼 알아맞히지 않던가. 남자는 아내가 모든 것을 알고 있다고 해도 별 반응을 보이지 않았으리라 는 것을 직감으로 알았다. 아내는 그에게 사랑은 물론 관 심조차 없었다. 모든 게 힌두 음악 때문인지도 모른다. 어 쩌면 람슈타인 때문이거나.

남자는 어쩔 수 없다고 생각했다. 어차피 인생은 허무한 것이다. 무엇보다도 남자는 선희를 만날 때마다, 병에 걸린 아이와 치와와를 잊을 수 있었다.

개새끼.

남자는 중얼거렸다. 이건 욕이 아니라 그저 사실적인 표 현이었다. 치와와는 확실히 개새끼라고 할 만했다. 아내는 언젠가부터 치와와에게 특별한 관심을 기울였다. 아이와 남자에게 특별히 잘못하는 것은 아니었지만, 어쩐지 치와 와에게 기울이는 아내의 정성은 비정상적인 것으로 느껴 졌다. 아이가 진단을 받으러 간 병원에까지 개를 안고 갈 정도였다.

남자는 개의 털과 냄새를 좋아하지 않았다. 특히 화장실에 처리한 변에서는 상한 계란 냄새가 났다. 남자가 항의하자 여자는 심상한 표정으로 대꾸했다.

유카누바가 냄새가 좀 있는데. 퓨리나로 바꿀까?

내가 냄새 싫어하는 거, 알잖아 당신?

남자는 다시 항의했지만, 여자는 이미 듣고 있지 않았다. 여자와 대화하면 언제나 대화가 꼬인다는 느낌이 들었다. 여자는 미리 답을 해 놓고 저 멀리서 남자의 말을 기다리고 있었다.

개새끼.

남자는 욕설을 내뱉었다. 모든 게 치와와 때문이라는 생각이 들었다. 한번 생각을 시작하자 멈출 수 없었다. 남자는 모든 불행이 치와와 때문인 것처럼 느껴졌다. 강렬한 적의가 남자를 사로잡았다.

지인들에게 자살이라고 말하지는 않을 것이다. 모든 것은 사고였다. 인생이란 사고의 연속일 뿐이라고, 그는 생각했다. 남자는 신호등이 푸른색으로 바뀐 것을 뒤늦게 발견했다. 남자는 깜빡이기 시작하는 신호등을 바라보고는, 엉거주춤한 자세로 횡단보도 건너편을 향해 뛰어갔다. 남자의 눈가에 작은 물방울이 맺혀 있었다.

윌리엄 윌슨

7월 24일 목요일 저녁

터널의 조명들이 운전실을 향해 미친 듯이 달려들었다
가 후방으로 사라졌다. 다음 역은 곡선 구간이었다. 직선
구간이라면 역사의 환한 진입로가 먼 곳에서부터 천천히
다가온다. 하지만 곡선 구간에서는 갑자기 나타나는 것처
럼 보인다.

그는 갑작스러운 것이라면 무엇이든 좋아하지 않았다.
승강장의 불빛이 나타나자 그는 상황 모니터의 정차 시간
을 점검했다. 브레이크 게이지의 바늘이 서서히 정차 모드
로 바뀌는 것을 확인했다. 승강장의 불빛이 흔들리면서 그
에게 달려들었다. 자동 모드로 움직이는 열차는 빠른 속도
로 그를 불빛 쪽으로 몰고 갔다.

그는 아까부터 오른쪽 유리창에 붙어 있는 얼굴을 힐끔

거리고 있었다. 여자의 얼굴이었다. 형태를 유지하고는 있지만, 마치 점액질로 이루어진 듯 흐늘흐늘한 얼굴이었다. 그 얼굴에 붙어 있는 두 눈이 그를 빤히 쳐다보고 있었다. 흰자위가 터무니없이 크고 검은 눈동자는 거의 점에 가까웠다. 눈동자는 그를 향해 움직이면서 쉿소리를 내고 있었다. 그 소리는 열차 바퀴에서 나는 것이었지만, 어떻게 들으면 여자의 입에서 흘러나오는 것 같기도 했다. 여자의 얼굴은 그를 향한 채 유리에 붙어 있다가, 승강장에 진입할 무렵 액체처럼 스르르 아래로 흘러내렸다.

형, 어떡하지?

그는 중얼거렸다. 교대까지는 아직 시간이 좀 남아 있었다. 그는 운전실 옆 모니터를 통해 승강장의 상황을 점검했다. 승객들이 열차 안에서 쏟아져 나오고 열차 안으로 쏟아져 들어갔다.

출발 버튼에 초록색 불이 들어오자 그는 기계적으로 버튼을 눌렀다. 열차는 다시 어둡고 긴 터널을 향해 나아갔다. 터널로 진입하자 다시 앞 유리에 여자의 얼굴이 나타났다. 그는 표정 없는 얼굴로 여자의 눈을 잠시 바라본 후, 터널 끝의 소실점으로 시선을 옮겼다. 여자의 시선은 끼이익거리는 열차의 바퀴 소리와 함께 여전히 그를 향하고 있었다.

여자의 얼굴을 힐끔거리다가 운행 시간이 적힌 다이어

그램으로 시선을 돌렸다. 그의 머릿속 어디서 시계 초침이 재깍재깍 소리를 내며 움직였다. 발차 시간과 다음 역 도착 시간이 본능적으로 계산되었다. 이미 경력 5년 차였다. 그는 지하철 운행이 자신의 적성에 잘 맞는다고 생각했다. 모든 터널은 하나같이 어둡고 길었다. 어둡고 길다는 것이 그에게는 마음에 들었다. 어둡고 긴 하나의 터널을 지나면 역시 어둡고 긴 다음 터널이 시작되었다. 터널 조명들이 규칙적으로 이어져 있는 것도 좋았다. 캄캄한 터널을 하루 종일 왕복하는 것은 확실히 그의 취향에 맞는 일이었다. 그는 단조로운 삶을 선호했다.

하지만 문제가 없지는 않았다. 운전실에 앉아 터널을 달릴 때면 열차의 진동이 온몸에 전해져 왔다. 운전실은 객실에 비해 좌우 진동이 심했다. 그의 위장은 그리 강한 편이 아니었기 때문에 처음에는 진토제를 복용하면서 적응해야 했다. 선로가 휘어진 역도 문제였다. 그런 역에 진입할 때마다 무의식중에 눈을 감았다가 다시 뜨고는 했다. 곡면 구간에서는 승강장의 안전선 바깥에 서 있는 사람들이 열차의 정면에 서 있는 것처럼 보였다. 열차가 승강장으로 진입하는 순간 사람들이 열차를 향해 뛰어드는 듯한 느낌이 드는 것이다. 그는 두 눈을 무섭게 부릅뜨고 헤드라이트 페달과 경적 페달을 번갈아 밟아 대곤 했다.

비켜, 비키라구!

그는 운전실에 앉아 소리를 질렀다.

기지창으로 들어가면 호출이 떨어지는 날이 많았다. 그는 턱을 내리고 제 구두 끝을 바라보았다. 깍지 낀 손으로 턱을 괸 채 물끄러미 그를 바라보던 상사가 입을 열었다.

또 사령실에서 시민 항의를 받은 모양이야. 자네는 경적을 너무 심하게 울린단 말야. 좀 자제하는 게 어떻겠나?

그는 대답하지 않았다. 경적을 울리지 않을 수는 없다. 몇 번 노력을 해 보았지만, 역사에 진입하는 순간에는 번번이 실패하곤 했다. 사람들은 어김없이 질주하는 열차를 향해 달려들었다. 아귀 같았다. 갑작스럽고 예측할 수 없는 아귀들이었다. 그는 경적을 울렸다. 경적이 조용하지 않다는 것쯤은 알고 있었다. 그래서 자극적인 경적을 음악으로 바꿀 것을 건의한 적도 있었다.

다른 호선에서는 이미 경적 소리를 음악으로 바꾸었던데요. 따르릉 따르릉 비켜나세요…….

그가 말했다. 턱을 괴고 있던 상사는 기가 막힌다는 듯 그를 바라보았다. 상사는 서류로 시선을 돌리며 짧게 중얼거렸다.

가 보게.

신참 시절, 그는 운행 중에 자꾸 사령실을 호출했다. 운전 사령은 한두 번 그의 호출을 받아 주다가 결국 화를 냈다. 특이 상황이 없는데도 호출을 남발하는 기관사는 징계를 받을 수 있다고 경고했다.

언젠가 그의 선임 기관사는 낮은 목소리로 그에게 말한 적이 있다. 진지한 표정이었다.

자네, 다른 일을 찾아보는 게 어떤가.

그는 선임의 얼굴을 물끄러미 쳐다보다가, 선임의 표정을 따라 지어 보이는 것으로 대답을 대신했다. 터널의 공포에 대해 처음 말해 준 사람이 바로 그 선임이었다. 술기운 때문이었겠지만, 그날 선임은 눈물을 흘리기까지 했다. 그 역시 선임을 따라 눈물을 흘렸다.

그는 다른 일을 찾을 필요는 없을 것 같다고 대답했다. 두려움이나 공포 때문에 경적을 울리는 것은 아니라고 덧붙이기도 했다. 선임은 안쓰러운 표정으로 그를 물끄러미 바라보았다. 그도 안쓰러운 표정으로 선임을 마주 보았다.

*

그리고 결국 사고는 일어난 것이다. 그의 열차에 한 여자가 뛰어들어 사망한 것이다. 사고 후 그는 조사를 마치고 원룸으로 돌아와 침대에 누웠다. 침대보는 깨끗하게 네 귀퉁이에 맞추어져 있었다. '각'을 맞추지 않으면 잠이 오지 않았다. 군대 시절부터 몸에 밴 습관이었다.

그는 누운 채 두 팔과 다리를 가지런히 모았다. 못마땅

한 표정으로 자신을 바라보던 경관의 얼굴이 떠올랐다. 경관은 나이가 꽤 들었는데도 여전히 말단인 듯했다. 하지만 모든 불행을 무마할 수 있는 낙관적인 마음이 그에게는 있는 것 같았다.

경관은 양손으로 크게 제스처를 섞어 쓰면서 말했다. 그 제스처가 얼마나 생생했는지 기관사의 두 팔도 따라서 함께 올라가곤 했다. 올라간 제 팔을 물끄러미 바라보다가, 기관사는 머쓱한 표정으로 팔을 내렸다. 그는 어쩔 수 없이 형의 얼굴을 떠올렸다.

형, 잘 있어?

그는 이불을 뒤집어쓴 채 중얼거렸다. 그는 형의 얼굴이 제 얼굴과 똑같다는 것을 천천히 실감했다. 일자형 눈썹 아래 가늘고 부드러운 눈매. 도타운 느낌과는 거리가 먼 얇고 투명한 입술. 손을 뻗으면 내부를 만질 수 있을 것 같은 피부. 감정이 있는 듯 없는 듯 가늠할 수 없는 표정. 그런 것이 얼굴에 어려 있었다.

그들은 거울처럼 서로를 바라보면서 자랐다. 형이 깨어나면 그도 형을 따라 눈을 떴다. 형이 학교에 가면 그도 형을 따라 등교했다. 형이 웃으면 그도 따라 웃었다. 형이 기타를 배웠기 때문에 그도 따라서 기타를 배웠다. 이런 것은 그가 태어나면서부터 일종의 습관이 된 것이었다.

형과 그는 불과 1분 차이로 태어났다. 양막과 자궁벽을 통과해 형이 먼저 세상에 머리를 내밀었다. 입속의 이물질들이 제거되고 첫 호흡이 시작되자 형은 나지막하게 울음을 터뜨렸다. 여기까지는 정상적인 과정이었다.

그런데 그 순간, 산모의 배 속에서 이상한 소리가 들렸다. 의료진은 귀를 의심하며 힘겹게 두 번째 태아를 꺼냈다. 산모의 배 속에서 들리던 이상한 소리는 두 번째 태아의 울음소리였다.

아기는 산모의 배 속에서부터 울음을 터뜨린 것이었다. 그건 확실히 정상이라고는 할 수 없었다. 공기와 접촉해야 울음이 터지는 것이니까. 하지만 경력 15년의 노련한 간호사는 조금 먼저 나간 형이 울었기 때문에 형을 따라서 우는 것뿐이라는 것을 직감했다.

'산모의 배 속에서 울음을 터뜨린 아기'는 신문의 토픽난에 작은 가십거리를 제공하기까지 했다. 어느 주간지 기자가 간호사의 말을 인용해 보도한 기사 중에는 이런 문장도 있었다.

'수술에 참여했던 간호사의 말에 따르면, 갓 태어난 아기는 그 작은 눈을 조금 뜨고는, 먼저 태어난 형을 물끄러미 바라보았다고 한다. 배 속에서부터 울음을 터뜨린 아기의 눈에는 눈물이 방울방울 맺혀 있었다.'

위의 기사에 이어 기자는 다음과 같은 '의료 상식'을 덧붙였다. 갓 태어난 아기는 눈을 뜰 수 없으며, 눈을 뜨더라도 외계의 사물에 시선을 맞추기까지는 일반적으로 6주 정도가 소요된다. 또한 신생아는 누관이 발달되어 있지 않기 때문에 최소한 생후 3개월 정도가 지나야 눈물을 흘릴 수 있다. 등등.

가판대에서 팔리는 다소 선정적인 주간지였기 때문에 가능한 기사였다.

*

중학교에 진학하자마자 형이 학교 앞 도로에서 교통사고를 당했다. 그 사건은 그의 삶을 송두리째 흔들어 놓았다.

그날 그는 오른손을 높이 든 채 횡단보도를 건너고 있었다. 바로 앞에서 오른손을 높이 들고 가던 형의 뒤통수를 바라보면서였다. 형은 모범생이었다. 형의 뒤통수에는 검은 교모가 정확하게 두상의 가운데에서 가지런한 수평을 이루고 있었다. 형을 따라가던 그의 머리에도 똑같은 각도로 검은 교모가 씌워져 있었다. 노란 중앙선 가까이 왔을 때, 바로 앞에서 오른손을 높이 들고 걷던 형이 갑자기 사라져 버렸다. 대신 거대한 트럭 한 대가 그의 눈앞을 쏜살같이 지나갔다. 트럭이 급정거하는 소리가 그의 고막을 울렸다. 그는 트럭이 다 지나가고 나서도 오른쪽 귀에 붙여 들고 있던 오른손을 내리지 못했다.

그는 손을 내리고 천천히 고개를 돌렸다. 스키드마크를 따라 시선을 옮겼다. 이미 행인들이 비명을 지르며 모여든 뒤였다. 고무 타는 냄새가 코를 찔렀다. 스키드마크의 끝자락에 트럭 뒷바퀴가 있었고, 오른쪽 뒷바퀴에 형의 다리가 삐져나와 있었다. 다리를 따라 천천히 시선을 옮기자 검은 교모를 쓴 형의 얼굴이 트럭 아래에서 희미하게 보였다. 그의 시선이 형의 부릅뜬 눈과 마주쳤다. 지금 생각해도 알수 없는 일이었다. 어떻게 트럭 밑에 들어갔는데도 검은 교모는 그토록 정확한 각도를 유지한 채 형의 머리에 씌워져 있었던 것일까.

형이 사라진 후, 그는 더 이상 바라볼 사람이 없었다.

한동안 그는 웃거나 울지 않았다. 표정의 변화가 없었다. 사람들은 어색한 표정으로 그를 대했다. 연민 때문이라기보다는 일종의 난감함 때문이었다. 나중에 주위 사람들이 그에게 얘기해 준바에 따르면, 그는 형이 죽은 그 학교 앞 네거리에서 '자주' 발견되었다. 형이 사라지기 직전에 길을 건너던 것과 똑같은 자세로 그 길을 건너고 있었다는 것이다. 사고가 났던 그 네거리로 자꾸 돌아와 길을 건너는 바람에, 선생님들이 그를 억지로 버스에 태워 집으로 돌려보내기까지 했다고 했다. 아이들은 밤에도 그가 네거리로 돌아와 형을 흉내 내고 있다고 교사들에게 말했지만, 야심한 시간까지 남아서 네거리를 지킬 만큼 학교 인력이 남아도는 것은 아니었다.

담임선생은 아이의 부친을 불러 아이의 정신 상태를 물었다. 아이의 모친은 아이가 어릴 때 이미 집을 나갔다고 했다. 나이 차이가 많이 나는 부부였다. 담임은 접이식 의자에 앉아 어쩔 줄 모르고 있는 늙은 남자를 물끄러미 바라보다가 말을 꺼냈다.

아드님이 자꾸 네거리에서 길을 건너는데요.

네?

되묻는 늙은 남자의 입에서 알코올 기운과 함께 찌든 담배 냄새가 흘러나왔다. 교사는 눈살을 찌푸리지 않기 위해 노력했다.

아드님이 자꾸 네거리로 돌아와 길을 건넌다구요. 형이 죽기 전에 길을 건너던 자세 그대로 말입니다. 오른손을 높이 들고 신호등을 똑바로 쳐다보면서…… 충격이 심했던 것 같은데…….

아…… 예…….

늙은 남자는 짧은 신음을 내더니, 안주머니에서 꼬깃꼬깃하게 접힌 종이 하나를 꺼내 선생에게 건네주었다. 그것은 약봉지였다. 시내 종합병원의 이름이 적혀 있고, 아래에는 전화번호가 파란색으로 조악하게 인쇄되어 있었다.

아이가 중학교에 입학하기 전에 초등학교 담임이 시내 종합병원에 데려간 적이 있다고 했다. 처음으로 담임을 맡은 젊은 선생은 교육자로서의 사명감을 느꼈던 모양이었다. 의사는 검사 기록을 훑어본 후 담임에게 간단히 설명했다.

지금으로선 어쩔 수가 없을 것 같군요. 그냥 자연스러운 병이라고 생각하는 게 좋겠습니다.

네? 자연스러운…… 병이라니요?

담임은 반문했다.

…… 병이라고도 할 수 있고 그렇지 않다고도 할 수 있습니다만. 최근에 와서야 질병으로 분류된 것이라서…….

의사는 말끝을 흐렸다.

그게…… 무슨 병인가요?

증상은…… 일종의 강박충동이라고 할 수 있습니다. 뭔가 대상을 찾아서 자꾸 모방을 하지 않으면 불안을 느끼는 거지요. 많은 경우 강박적이고 반복적인 모방 행동을 수반합니다. 아동기에 흔하죠. 주로 10세 전후에 사라지지만 사춘기까지 지속되는 경우도 있습니다. 최근에는 성인이 되어서도 사라지지 않는 경우도 보고가 됩니다만…….

담임은 고개를 끄덕였다. 모든 것이 한꺼번에 이해되었다.

아이는 제 쌍둥이 형에게서 떨어지지 않았다. 쌍둥이 형이 하는 것은 무조건 따라 하는 바람에 교사들은 언제나 애를 먹었다. 일부러 반을 따로 배정했는데도 아이는 별다른 오차 없이 형의 행동을 반복했다. 심지어는 미술 시간에 그린 그림까지 거의 유사해서, 미전에 입선한 적이 있는 미술 교사를 놀라게 할 정도였다. 다른 교실에 앉아서 그림을 그렸는데 어떻게 이렇게 똑같을 수 있지요? 다른 교사들이 의문을 표했지만 미술 교사는 자기도 잘 모르겠다고 얼버무렸을 뿐이었다.

그림뿐만이 아니었다. 시험 성적도 대체로 유사했다. 정답이 같은 것은 이해할 수 있지만, 어떻게 해서 오답의 번호까지 비슷한지 이해할 수 없다고, 젊은 담임은 고개를 갸웃거렸다. 시험지 유출이나 커닝 같은 것도 아니었다.

의사는 크게 걱정할 일은 아니라고 덧붙였다. 성장기에 흔히 겪을 수 있는 질병이며 특히 도시 과밀화가 진전되면서 늘어난 증상이지만 대부분은 그게 질병인 줄도 모르고 지나간다고 설명했다. 그 질환의 이름은 '윌리엄 윌슨 증후군'이었다. 신경증이 심했던 서양 작가의 소설 주인공 이름을 딴 것이라고, 의사는 친절하게 덧붙여 주었다.

*

집에만 있었던 어제도 그는 반듯하게 침대에 누워 하루를 보냈다. 운전실 유리에 붙어 있던 여자의 얼굴이 자꾸 떠올랐다. 여자의 눈이 쇳소리와 함께 격렬하게 흔들리며 그를 바라보았다. 그렇게 바라보다가 액체처럼 스르르 흘러내렸다.

결국 그는 하루만 쉬고 다시 출근했다. 사상(死傷) 사건이 날 경우 기관사에게 주어지는 사흘의 휴가를 반납하고, 그는 다시 열차를 몰기 시작했다. 주위 사람들은 말렸지만 그냥 쉬는 것보다 차라리 일을 하는 것이 빨리 잊는 방법이라고 말하는 사람도 있었다. 그는 조용히 근무복으로 갈아입었다.

그가 일을 시작한 것은 빨리 잊기 위해서가 아니었다. 사망한 여자의 자세는 대단히 자연스러웠다. 그것은 자살하는 사람의 자세라고 할 수 없을 만큼 부드러웠고 심지어는 우아하기까지 했다. 여자의 동작과 자세와 표정이 자꾸 떠오르는 건 그 때문인지도 몰랐다.

운전실에 앉아 있는 그의 표정이 여자의 표정 변화를 따라서 움직였다. 자연스럽고 부드럽고 우아한 변화였다. 자신의 표정이 그렇게 변하고 있다는 것을 그 스스로는 의식하지 못했다. 그는 여자의 표정을 따라 얼굴근육을 움직이면서 여자의 자세를 상상했다. 상상 속에서 반복했다. 문득 마음이 편안해지는 느낌이 들었다. 이런 느낌은 오래전에 사라진 형과, 대학 시절의 연인 이후 처음이었다.

오래전에 사라진 형과, 오래전의 연인……

그는 어둡고 긴 터널 안에서 중얼거렸다. 여자의 우아한 표정이 그의 얼굴에 깃들어 있었다.

*

    대학 시절, 그에게도 연인이 있었다. 서울 근교의 대학이었고 혼자 자취하던 때였다. 자취방은 대학 후문에서 도보로 5분 거리에 있었다.

    같은 학과의 한 학번 위였던 여자 선배가 이틀에 한 번꼴로 그의 자취방에 찾아왔다. 웃음이 터질 때도 입을 가리고 소리를 억제하는 사람이었지만, 때로는 단호하다고 할 수 있을 만큼 결단력이 있었다. 선배는 학생회 문화부장이자 여학생회 회장이기도 했다. 당시로서는 상당히 짧다고 할 수 있는 길이의 스커트를 입고 다녀서 사람들을 놀라게 하기도 했다.

    장래 희망이 트럭 운전사나 지하철 기관사라고 말하는 사람은 네가 처음이야. 선배는 그렇게 말했다. 그래서일까? 선배는 그에게 호감을 느낀다고 말했다. 사랑은 아니고 호감이라고 표현했던 것을 그는 기억하고 있었다. 선배가 그 말을 할 때 그는 기타를 치고 있었으며 교정의 하늘은 높고 맑았다. 교정의 잔디밭에서 기타를 치는 것은 대학생의 낭만이었고, 그건 그가 오래 꿈꿔 온 이미지였다. 하지만 실제로 잔디밭에서 기타를 쳐 보니 아무런 느낌이 들지 않았다. 그는 현실이 되면 모든 게 시시한 것인가 하고 생각했다.

선배와 사귀게 된 이후 모든 것이 달라졌다. 그는 학교에 나가면 선배를 따라다녔다. 선배를 따라 식당에 갔고 선배를 따라 수강 신청을 했으며 선배를 따라 모임에 참석했다. 선배가 읽는 책을 따라 읽었고 선배가 언급하는 사회과학 서적의 개념을 이해하기 위해 노력했으며 선배가 언급하는 소설의 주인공들을 상상했다. 선배가 읽는 소설들을 따라 읽는 것이 그는 즐거웠다. 선배의 시선으로 책을 읽을 때마다 주인공들이 살아 숨쉬는 것처럼 느껴졌다. 주인공들은 그냥 허구적인 존재가 아니라 선배의 시선에 의해 생생하게 다시 태어났던 것이다. 선배가 언급한 모든 것들이 주인공에게 흘러 들어가 소설의 의미가 되었다.

그는 선배가 없을 때 자신의 입에서 나오는 말이 실은 선배의 말이었다는 것을 깨닫곤 했다. 2학년 '선배'가 된 후, 도서관 옆의 벤치에 앉아 문화부의 신입 회원에게 한 말 중에는 이런 것도 있었다.

어…… 한국 사회의 모순이 심각하니까…… 어쩔 수 없지 않을까?

더듬거리기는 했지만, 말끝이 가파르게 올라가는 어조와 그가 선택한 어휘는 선배의 것을 닮아 있었다. 그는 그걸 깨닫자마자 교정의 맑은 하늘을 올려다보면서 구름의 수를 셌다. 그리고 가볍게 미소를 지으며 선배를 생각했다. 그러자 놀랄 만큼 마음이 편안해졌다.

두어 번뿐이긴 했지만, 선배를 따라 시위에 나간 적도 있었다. 군인들이 정치를 하던 시절이었다. 선배가 외치는 구호를 따라서 외치는 순간, 그는 자기 입에서 그렇게 커다란 목소리가 나올 수 있다는 것을 처음으로 깨달았다. 그것은 감동적인 순간이었다. 낯선 사람의 목소리인 듯, 그의 목소리는 허공으로 퍼져 나갔다가 그의 귀로 다시 스며들었다. 곁에서 구호를 외치는 선배를 그는 슬그머니 바라보았다. 선배의 옆모습은 부드럽고 아름다웠지만 굳게 다문 입술은 단호해 보였다. 그는 그 얼굴을 물끄러미 바라보았다.

*

학과 동기가 그의 자취방에 찾아온 뒤로 파국이 왔다. 그날 소주 두 병을 사들고 그의 방에 찾아온 동기는 이미 취해 있었다. 근처의 단골 맥줏집에서 있었던 종강 모임이 파한 후 그가 보고 싶어서 찾아왔다는 것이었다. 콧날이 오똑하고 오목조목 귀티가 흐르는 친구였다. 달변이었고 시위에는 아주 가끔씩만 참석했으며 학과 성적이 좋았다. 자취방에서 선배와 함께 있던 그는 동기를 맞아들였다. 선배가 그를 맞아들였기 때문에 그 역시 그렇게 했을 뿐이었다. 방 한가운데 신문지가 깔리고 갓 끓인 찌개 안주가

가운데 놓였다. 술잔이 돌기 시작했다.

술을 마시면서 선배와 동기는 논쟁을 벌였다. 논쟁은 시에서 철학으로, 철학에서 정세에 대한 것으로 옮겨 갔다. 선배와 동기의 논쟁을 들으면서 그는 기타를 무릎에 올려놓고 음을 조율했다. 간간이 그가 읽은 책이 언급되기도 했지만 대부분은 그가 모르는 내용들이었다. '구토'라든가 '상실의 시대' 같은 단어들이 갈피갈피 흩어졌다. 간간이 '레닌'이라든가 '로자 룩셈부르크' 같은 이름들이 들리기도 했다.

기타 음을 고르면서 간혹 더듬거리는 목소리로 대화에 끼어들기도 했지만, 그건 그 자리에 자신이 있다는 것을 확인하는 정도였다. 게다가 그의 말은 선배가 한 말을 반복하는 것이 대부분이었다. 동기는 그의 말이 끝나기를 기다려 재빠르게 선배의 얼굴로 시선을 돌려 말을 이어 갔다. 동기는 그가 말하는 동안에도 그의 얼굴을 쳐다보지 않았고, 선배는 그가 말을 시작하면 잔으로 입술을 축이고는 바닥에 시선을 둔 채 침묵했다. 드디어 취기가 돌기 시작한 선배가, 그에게 정색을 하고 말했다. 말끝이 올라가는 선배 특유의 어조였다.

넌, 좀, 창조적일 수 없니?

그날 그 좁은 자취방에도 밤은 찾아왔다. 그들은 과음 했다. 그는 '창조적'이라는 것에 대해 생각하다가 잠이 들 었다. '창조적'이라는 단어를 태어나서 처음 들은 느낌이었 다. 그 느낌이 평생 그를 따라다닐 것이라고도 물론 상상하 지 못한 채였다.

술기운에 목이 마른 것을 느끼고 그는 새벽에 눈을 떴 다. 좁은 부엌에 매달린 백열등 불빛이 방문의 간유리로 흐릿하게 스며들고 있었다. 몸을 일으켰다. 방 안의 어지러 운 풍경들이 어슴푸레하게 눈에 들어왔다. 한쪽 구석에는 소주병 몇 개가 이리저리 흩어져 있고 신문지로 덮어 놓은 냄비도 보였다.

그는 선배와 동기를 바라보았다. 누가 먼저 누웠는지 기 억이 나지 않았다. 선배와 동기가 나란히 누워 잠들어 있 었다. 부엌에서 불빛이 희미하게 흘러 들어와 그들을 비추 었다. 논쟁 같은 것은 사라지고 없었다. 잠든 선배의 손이 잠든 동기의 손 위에 가볍게 올라가 있었다. 그는 부엌에 나가 물을 들이켠 후 다시 제자리에 누웠다.

그날 이후 선배의 호감은 거짓말처럼 사라졌다. 그는 여전히 선배를 따라 학생 식당에 가고 선배를 따라 교실에 들어갔지만 선배는 그에게 눈길을 주지 않았다. 그가 계속 선배의 뒤를 따라다니자 선배는 그의 손을 잡고 인문관 옆의 작은 숲속 벤치로 이끌었다. 선배는 땅을 쳐다보았고, 그 역시 땅을 쳐다보았다.

미안해. 나…… 너 못 견디겠어.

선배의 어조는 차분하게 가라앉아 있었지만, 말을 마치자마자 얼굴을 두 손에 묻고 어깨를 들썩이기 시작했다. 그 역시 선배를 따라 어깨를 들썩이며 울고 싶었지만 어쩐지 그때만큼은 그래서는 안 된다는 느낌이 들었다. 그는 겨우 입술을 떼어 말했다.

어…… 미안해요. 나도 미안해.

선배는 한참 만에 고개를 들고 붉어진 눈으로 하늘을 올려다보았다. 그도 고개를 들고 붉어진 눈으로 하늘을 올려다보았다. 교정의 하늘은 그날따라 유난히 푸르렀다.

그날 이후 그는 수업에도 들어가지 않았고 도서관에도 가지 않았다. 동기 한두 명이 소주를 들고 찾아오기도 했지만 그는 말이 없었다. 사랑을 잃고 실의에 빠진 것이 틀림없다고 누구나 생각했다. 하지만 꼭 그런 것만은 아니었다.

그는 당황하고 있었다. 오래전에 사라진 형이 떠올랐으며, 교정에서 그를 발견하면 민망한 표정으로 사라지는 선배의 얼굴이 떠올랐다. 선배의 민망한 표정을 따라서 그역시 민망한 표정을 짓자 선배는 빠르게 그의 시야에서 사라졌다.

그는 인문관 옆의 작은 숲속 벤치에 앉아 푸른 하늘을 바라보고는 했다. 그럴 때면 그의 입에서 흘러나오는 목소리가 있었다.

넌, 좀, 창조적일 수 없니?

그는 자신의 중얼거림에서 묘한 리듬을 느끼면서 미소지었다.

*

선배는 대학을 졸업하자마자 결혼했다. 결혼 상대는 졸업반 때 인턴으로 일했던 회사의 대리라고 했다.

학과 동료들과 함께 그는 선배의 결혼식장에 갔다. 일행 중에는 그날 밤 선배와 눈을 맞추며 논쟁을 벌였던 동기도 있었다. 결혼식장에서 동기를 발견하자마자 그는 그날 밤 선배가 잡고 있던 동기의 손이 떠올랐다. 그는 동기의 손을 물끄러미 바라보았다. 그는 그 손의 느낌이 궁금했다. 동기가 그를 발견하고 문득 환한 웃음을 지으며 악수를 청했을 때, 그도 웃으며 손을 내밀었다. 오랜만이라서 그런지 꽤 반가운 느낌이 들었다. 그는 동기의 손을 오래 붙잡고 있었다. 동기가 당황한 표정으로 그의 손을 뿌리칠 때까지.

그들은 신부 대기실의 선배를 보러 갔다. 선배는 흰 장갑을 낀 손으로 작은 꽃다발을 든 채 시선을 내리깔고 있었다. 선배가 앉아 있는 화려한 의자 양편으로 일행이 늘어서자 작은 플래시가 터졌다. 동기가 밝은 어조로 농담을 건넸다.

우와, 선배가 이렇게 예뻤나? 이렇게 예쁜 줄 알았으면 한번 대시해 볼걸 그랬네?

동기는 '대시'를 묘하게 강조해서 발음함으로써 자기 말이 완연한 농담이라는 것을 암시했지만 이미 분위기는 어색해진 뒤였다. 선배는 '썰렁하다'고 받아넘기고는 환하게 웃음을 지었다가 표정을 수습한 뒤 다시 시선을 내리깔았다.

그때 선배의 결혼 상대자가 신부 대기실에 들렀다. 검은 눈썹과 흰 피부색을 가진 남자였는데, 아마도 예식 화장이 진해서 그렇게 보였을 뿐인지도 몰랐다. 신부에게 미소를 보낸 후 신랑은 선배의 양편에 늘어서 있는 네댓 명의 동기들에게 시선을 돌렸다. 선배가 말했다.

오빠, 얘들 우리 과 후배들이야. 학창 시절 때 좀 놀았지.

'놀았지'라는 표현은 부적절하다는 생각이 좌중의 머릿

속을 스쳐갔다. 하지만 검은 턱시도를 차려입은 신랑은 밝은 표정을 지으며 하나하나 악수를 청했다. 턱시도 깃을 빙 두르고 있는 금빛 선이 살짝 구겨졌다. 그들은 45도 각도로 허리를 굽히며 반갑게 악수를 나누었다. 신랑의 하얀 장갑이 따뜻해서 손에 전해지는 기분이 상쾌했다.

악수를 나누고 허리를 펴면서 그는 자취방에서 보낸 그 밤을 떠올렸다. 그 밤의 공기와 희미한 빛이 아름다웠다는 생각이 들었다. 그날 그가 깨어난 것은 다음 날 정오에 가까운 시간이었다. 방 안을 둘러보니 선배도 동기도 보이지 않았다. 방문의 간유리 바깥에서 몰려 들어온 햇빛이 방 안에 점점이 떠돌고 있었다. 방구석에 세 개의 종이 잔과 작고 노란 양은냄비가 있었고, 그 옆으로 잘 개어진 이불과 요가 보였다. 방은 놀라우리만치 고요했다.

*

오래전에 죽은 형과, 오래전의 연인……

그는 어둡고 긴 터널 안에서 중얼거렸다. 그렇게 중얼거리는 그를, 운전실 유리 한 켠에 붙은 눈알이 바라보고 있었다. 그는 그것을 힐끗 바라보고는 보일 듯 말 듯 미소를 지었다. 자연스럽고 부드러운 미소였다. 잠시 후 자연스럽고 부드러운 미소가 서서히 풀어지면서, 예의 그 표정 없는 얼굴이 돌아왔다. 그는 터널 끝의 소실점을 바라보았다. 다음 역은 승강장과 출입문의 사이가 넓은 역이었다. 스크린도어라는 것을 설치한다고 했지만 아직 일정도 잡히지 않은 상태였다. 승객들을 예의 주시해야 했다.

그는 운행을 마친 후 운전실을 나왔다. 회선하는 열차를 타고 돌아와 그가 내린 곳은 이틀 전 사고가 일어났던 역이었다. 그는 자신이 왜 이 역에 내렸는지 모르겠다고 생각했지만, 어쩌면 당연한 일이라는 생각도 들었다. 그는 다이어그램을 한 손에 들고 승강장에 서서 곧 들어올 열차를 기다렸다. 마음이 편안하게 가라앉았다. 부드럽고 무심한 표정이 그의 얼굴에 떠올랐다. 복권 판매소와 자동판매기가 있었고, CCTV가 있었고, 다시 저녁 무렵이었다.

눈물

7월 24일 목요일 저녁

늙은 남자는 판매소 안에 앉아 있었다.

준비하시고오…… 쏘세요.

늙은 남자는 멍한 표정으로 중얼거렸다. 며칠 전 여자가 열차에 치였던 곳에는 변함없이 열차들이 들고났다. 늙은 남자는 여자가 서 있던 승강장을 왕래하는 사람들을 물끄러미 바라보았다. 여자의 흔적이 아직 그곳에 있는데도 사람들은 무심하게 여자의 흔적을 통과했다. 사람들이 지나갈 때마다 여자의 실루엣이 물처럼 흔들렸다. 시선을 돌리면 열차 진입로 초입에 붙어 있는 CCTV가 보였다. 남자는 고개를 숙이고 매대에 놓인 복권들을 하나하나 매만져 정돈했다. 역사 근처에 복권방 하나가 또 들어섰다. 복권방이 늘어 갈수록 남자의 매상은 줄어들었다. 남자의 복권들은 팔리지 않았다. 로또가 없기 때문이라고 했다.

준비하시고오, 쏘세요.

남자는 중얼거렸다. 연판장은 계속 돌고 있었다. 남자는 여전히 연판장을 살펴보지 않았다.

여보, 새가 죽었어.

남자는 아내를 생각했다. 아내가 좋아한 것은 새와 새장, 그리고 남자와 함께 교회에 나가는 일이었다. 아이 대신으로 생각하라고, 아내는 새장에 모이를 넣어 주며 말했다. 새장 안에서 작은 새 두 마리가 파르르 날아다녔다. 피, 조, 수수를 섞은 모이를, 생선 뼈와 달걀 껍질을 넣은 모이를, 초로의 여자는 언제나 조물조물 손수 만들었다.

달걀하고 쌀을 잘 섞어 먹이면, 이것들이 발정을 해.

아내는 새장에 모이를 넣어 주면서 남자에게 설명하곤 했다. 입가에 미소가 깃들어 있었다. 카나리아인지 하는 새 두 마리는 늙은 여자를 볼 때마다 모이가 떠오르는 듯 횃대에 앉은 채 날개를 파르르 떨었다. 여자는 횃대도 손수 만들었다.

홰가 잘못되면 새가 죽어요. 홰를 잡는 발가락이 불편하면 자라지도 않아. 알을 낳아도 새끼가 안 들어.

늙은 여자는 횃대의 굵기를 맞추고 질감을 부드럽게 만들기 위해 정성스럽게 표면을 갈았다. 횃대가 새장 안에 걸리면 새들은 기다렸다는 듯 횃대에 날아가 앉았다. 여자는 어딘지 침울한 표정으로 새들을 바라보곤 했다.

여자가 키우던 카나리아는 두어 달 전부터 시름시름 앓기 시작했다. 여자가 자리에 눕게 되면서부터였다. 여자는 누운 채 멀거니 새장에 눈을 두었다. 새들 역시 횃대에 머리를 숙이고 앉아 움직이지 않는 날이 늘어 갔다. 횃대에 앉은 채로 물똥을 싸기도 했는데, 축 늘어진 날개에는 윤기가 없었다. 늙은 남자는 아내 곁에서 밤새 홈쇼핑 화면에 눈을 두고 있다가, 새벽에 혼자 교회에 나갔다.

*

승강장의 CCTV가 향하고 있는 곳에 기관사 복장을 한 사람이 서 있었다. 복권 판매 부스 안의 늙은 남자는 아크릴 구멍으로 기관사를 물끄러미 바라보았다. 그곳은 여자가 서 있던 자리였다. 지금도 여자의 흔적이 물처럼 남아 흔들리고 있었다. 기관사는 여자의 실루엣이 있는 위치에 서 있었다. 물처럼 흔들리는 실루엣에 딱 맞는 자세였다. 자연스럽고 단정해 보였다. 기관사의 시선은 열차가 진입해 올 방향을 향하고 있었다.

준비하시고오…… 쏘세요.

늙은 남자가 이렇게 중얼거리자, 승강장에 서 있던 기관사가 문득 걸음을 앞으로 옮겼다. 여자의 실루엣에 불규칙한 파문이 일었다. 기관사가 두어 걸음을 천천히 걸어 나갔을 때 열차가 진입한다는 안내 방송이 흘러나왔다. 판매소 안의 남자는 기관사의 뒷모습과 살짝 보이는 옆얼굴이 낯익다는 생각이 들었다. 부드럽고 단정한 표정이었다. 판매 부스 안의 늙은 남자가 잠시 골똘해지는 순간, 기관사의 뒷모습이 조금씩 흔들리고, 기관사에게서 기관사가 흘러나왔다.

복권 판매소 안의 남자는 눈을 감았다가, 천천히 떴다. 요즘에는 갑자기 눈이 흐려져서 대상이 잘 분별되지 않을 때가 있었다. 기관사에게서 흘러나온 기관사는 열차가 다가오는 진입로 쪽을 바라보지 않았다. 기관사는 정면에 시선을 두고 있었다. 그리고 아주 자연스러운 자세로 앞으로 걸어 나갔다. 기관사는 안전선 근처에서 문득 멈추더니 머리 근처를 한 손으로 매만졌다. 두통이라도 있는 듯 관자놀이 부근을 손가락으로 눌렀다. 기관사에게서 흘러나온 기관사의 자세는 여자에게서 흘러나온 여자의 자세와 같은 것이었다.

늙은 남자는 그제야, 지금 안전선 앞에 서 있는 사람이 이틀 전 그 사고 열차의 기관사라는 것을 깨달았다. 사고가 난 후 기관사가 복권 판매소에 멍하니 앉아 있는 남자에게 다가와 물었던 것이다.

할아버지, 목격하셨죠? 네?

기관사는 인중이 짧고 섬약해 보이는 입술선을 가지고 있었다. 어딘지 투명한 얼굴에 표정의 변화가 없었다. 복권 판매소 안의 남자는 멍하니 기관사의 얼굴을 바라보았다. 기관사는 대답을 못 하고 얼이 빠져 있는 노인의 얼굴을 물끄러미 바라보다가 열차 진입로로 내려갔다. 그게 이틀 전이었다.

그 기관사가 이틀 전 여자의 자세 그대로 그 자리에 서 있었다. 그러고는 그날의 여자처럼 자연스럽게 앞으로 걸어가고 있는 것이다. 복권 판매소 안의 남자는 중얼거렸다.

여보…… 난 잠을 자지 못했어.

기관사는 흐릿하게 둘로 나뉘어 안전선을 벗어났다. 승강장 끝에 선 기관사는 고장 난 텔레비전 화면처럼 흔들렸다. 판매소의 남자는 오른손으로 안약을 집어 허공을 향해 들었다. 왼손의 엄지와 검지로 눈을 위아래로 넓혀 잡았다. 남자는 안구건조증에 대해 생각했다. 나이가 들면 각막에 공급되어야 할 물기가 부족해진다고 의사는 말했다. 건조한 눈에는 인위적으로라도 물기를 공급해 주어야 한다. 그렇지 않으면 눈을 감고 뜰 때마다 통증을 느끼게 된다는 것이다. 남자는 안약을 잡은 손가락에 힘을 주었다. 역사에 진입하는 열차의 굉음이 천천히 밀려들었다. 안약이 한 방울 떨어졌다. 굉음이 다가오고 있었다. 안약이 다시 한 방울 떨어졌다. 그 순간 지하철 역사 안에 비명이 울려 퍼졌다. 열차가 급제동하는 소리가 고막을 갈랐다. 남자는 안약을 내려놓고 기관사가 서 있던 자리로 천천히 시선을 돌렸다. 안약의 물기가 눈에 맺혀 아크릴 창 바깥이 흐릿한 풍경으로 번들거렸다. 기관사는 보이지 않았다. 남자는 눈을 깜빡깜빡하다가 지그시 감았다. 그리고 다시 떴다. 눈은 여전히 뻑뻑했다. 없는 왼손으로 눈을 잡은 탓에, 안약은 안구로 스며들지 못하고 눈언저리를 적셨을 뿐이었다. 눈가에서 안약이 흘러내려 뺨을 가로질렀다.

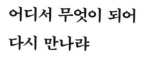

어디서 무엇이 되어
다시 만나랴

7월 25일 금요일 저녁

서울 외곽의 신도시 아파트에 사는 한 사내는 금요일 저녁, 약간 멍해지는 느낌을 받았다. 아내는 사회교육원 창작반에서 아직 돌아오지 않았고 아이는 친구 생일이라며 집을 비웠다. 텔레비전을 보던 사내는 아나운서의 멘트와 함께 바뀐 화면에 무심히 눈을 두고 있다가 깜빡 놀랐다.

　저녁 뉴스에는 한 기관사의 이야기가 흘러나오고 있었다. 과거에 지하철 승객을 구한 적이 있는 의로운 기관사였다는 아나운서의 설명을 들으면서 사내는 화면을 주시했다. 텔레비전 카메라가 기관사의 영정을 클로즈업했다. 기관사의 영정을 보는 순간 사내의 동공이 커졌다.

*

하루에도 수십 건씩 일어나는 일반적인 자살 사건은 뉴스에 나오지 않는다. 지하철에서도 그런 사건이 많았다. 하지만 지하철에서 자살한 것이 열차 기관사라면 얘기가 달라진다. 열차 기관사가 열차에 뛰어들어 자살했다는 것은 충분히 뉴스가 될 만한 사건이었다. 몇몇 사람들은 기관사가 왜 하필이면 열차에 뛰어들어 자살한 걸까? 하고 정당한 의문을 표시했다. 하지만 대다수의 사람들에게는 그게 어쩐지 자연스러운 일인 것처럼 느껴졌다.

동료 기관사들은 그가 내성적이었지만 사람 좋은 성격이었다고 증언했다. 어느 자리에 있건 잘 살펴보지 않으면 눈에 뜨이지 않는 유형이라고 했다. 동료들은 입이라도 맞춘 듯이 증언했다. 그가 자살을 결행하리라고는 생각하지 못했다는 얘기였다.

그를 마지막으로 본 사람은 보선 직원이었다. 그는 기관사의 얼굴이 평소와 같았으며 살짝 웃기까지 했다고 증언했다. 죽음의 그림자 같은 것은 전혀 발견하지 못했다고 그는 말했다. 하지만 곁에 있던 동료 기관사가 다음과 같이 덧붙이자, 갑자기 모든 것이 명확해졌다.

며칠 전에 그 친구가 운전하던 전동차에 뛰어들어 자살한 사람이 있었거든요. 그 친구, 그걸 겪고 겨우 하루 쉬고 나와서 또 일을 했어요. 그 사건 때문에 충격을 받은 게 틀림없다니까요.

이 견해는 보도 가치가 있었다. 기자들은 작은 노트에 열심히 받아 적었다. 무엇보다도 자살의 동기를 확실히 알려 주는 증거가 있었다. 기관사가 자살한 역은, 사고가 일어난 바로 그 역이었던 것이다. 승강장 바닥에 표시된 번호까지 똑같았다. 같은 지점이라는 뜻이었다. 이것이 우연의 일치일 수 없다는 데 모두가 동의했다.

기관사의 자살은 이렇게 해서 지하철 자살 사고의 정신적 후유증에 의한 것으로 결론이 났다. 정신적 후유증 때문이라고는 해도, 꼭 자살자가 자살한 위치에 가서 똑같은 방식으로 자살을 감행했어야 했는지는 확실히 의아하다고 할 만한 일이었다. 하지만 사람들은 이것 역시 자연스러운 일이라고 생각했다. 어쩐지 그렇게 할 수밖에 없었을 것 같다는 느낌이 모두의 마음에 스며들었다.

신문과 텔레비전에서 기관사들의 열악한 노동조건이 보도되기 시작했다. 그의 죽음은 다음 날 저녁 뉴스의 주요 기사로 거론되었으며, 한 방송국에서는 자살한 기관사의 신변과 기관사들의 노동조건을 발 빠르게 취재해서 내보내기도 했다. 스크린도어를 설치할 예산을 하루빨리 확보하고 1인 승무제의 문제점을 시급히 보완해야 한다는 게 대체적인 결론이었다.

텔레비전을 지켜보던 사내는 약간의 충격을 느꼈다. 갑자기 인생이 허무하다는 생각이 들었다. 그도 그럴 것이 카메라가 비춘 영정 속의 기관사는 사내의 대학 동기였기 때문이었다. 절친이라고는 할 수 없었지만, 한때 그의 자취방에 놀러갈 정도로 친했던 시절이 있었다. 그와의 인연이 주마등처럼 떠올라 사내의 머릿속을 흘러갔다. 졸업 후에는 동창회에도 나오지 않았기 때문에 얼굴을 본 기억이 가물가물했지만, 생각해 보면 녀석과의 인연이 가볍다고는 할 수 없었다. 멍하니 창밖을 쳐다보고 있을 때 전화가 울렸다.

야, 뉴스 봤냐?

대학 친구 K였다. 이 새끼는 연락 한 번 안 하다가 꼭 이럴 때만 전화라니까. 사내는 속으로 생각했다.

뉴스? 그래, 뉴스. 봤지.

올 거지?

어딜?

도천이 말야. 뉴스 봤다며?

사내는 잠시 생각하는 듯하다가 말을 받았다.

…… 어딘데?

시립병원 장례식장이래. 내일이 발인이라니까 오늘 밤에는 가 봐야지.

사내는 전화를 끊자마자 자리를 차고 일어나 옷을 챙

겨 입었다. 머릿속이 복잡했다. 시립병원 장례식장이라. 장례식장. 죽음이 가까이에 있다는 생각이 들었다. 엊그제도 동부간선도로 진입로에서 무리하게 차선을 바꾸어 끼어든 택시 기사와 시비가 붙어 목청을 높였다. 사내의 차 바로 뒤에서 덤프트럭이 속도를 높이고 있었기 때문에 자칫하면 대형 사고가 날 뻔했다.

검은 양복을 꺼내 입고 거울에 서자, 귀티 나는 30대 중반의 허우대가 사내를 바라보고 있었다. 음. 아직 꽤 봐 줄 만하군. 사내는 생각했다. 키도 적당히 컸고, 무엇보다 깎은 듯이 솟은 코가 마음에 들었다. 사내는 실제로 한 방송사의 탤런트 공채 시험에도 응시한 적이 있었다. 그때 공채를 통과했다면 지금과는 다른 인생을 보내고 있을 텐데. 사내는 가끔 그때를 생각하며 입맛을 다시곤 했다.

사내는 '부의'라고 쓰인 흰 봉투를 찾아 10만 원을 넣은 후 안주머니에 꽂았다.

*

텔레비전 취재 차량 한 대가 장례식장 입구에 서 있었다. 여름이었고, 하늘은 어둠을 배경으로 희끄무레하게 몇 조각의 구름을 전시하고 있었다. 술을 마시게 될 것을 예상하고 차를 가져오지 않아 꽤 먼 길을 걸었다. 게다가 검은 양복을 차려입은 탓에 사내의 매끈한 이마는 이미 땀에 젖어 있었다. 손수건으로 얼굴 여기저기를 닦은 후 부의 봉투를 꺼내 들었을 때, 이 돈을 받을 그의 가족들 가운데 자신을 아는 사람이 하나도 없다는 데 생각이 미쳤다. 친구의 가족이 죽은 것이 아니라 친구가 죽은 것이다.

그는 화장실에 가서 부의 봉투에서 5만 원을 꺼내 지갑에 넣었다. 오줌을 누고 나와 거울을 바라보며 손을 씻었다. 사내는 거울 속의 제 얼굴을 물끄러미 바라보다가 약간은 비감한 표정이 되어 다시 지갑을 꺼냈다. 그리고 5만 원을 꺼내 부의 봉투에 도로 넣었다. 봉투 한쪽 끝이 살짝 구겨졌다.

장례식장에는 이미 선후배들이 옹기종기 모여 흰 종이가 깔린 테이블 두엇을 차지하고 있었다. 생각보다 많은 동창들이 모여 있었다. 또래 중에 요절한 동창은 처음이니 당연한 일인지도 몰랐다. 텔레비전과 신문사에서 관심을 가진 탓도 있었지만 확실히 남의 일 같지 않았을 것이다.

모두들 심각한 표정을 짓고 있었다. 결혼식장이 아니라 장례식장이라니. 그는 침울한 표정으로 동기들 사이에 끼어 앉았다. 앞자리에 앉아 있는 동기의 굳은 얼굴을 바라보며 먼저 말을 붙였다.

야, 이게 대체 무슨 일이냐. 어떻게 된 거야? 자살은 자살이래?

아, 달려오는 전동차에 그대로 뛰어들었다는데. 그 자식, 예전부터 좀 과격했다니까.

도천이 그렇게 과격한 친구였는지는 모르겠지만, 지금 중요한 것은 그게 아니었다.

가족은 어떻대? 결혼은 했나?

결혼은 무슨. 가족이 시골에 부친 하나밖에 없다는 거 아냐. 그나마 부친도 오늘내일한다는데.

사내는 제 앞에 놓인 육개장 사발과 종이 소주잔을 바라보았다.

짜식이…… 착했었는데.

사내가 낮게 중얼거리자 어색한 침묵이 잠시 감돌았다. 모두들 비감한 표정으로 말이 없었다. 갑자기 죽음이 바로 곁에 와 있는 듯 느껴졌다. 이것은 부모상이 아니라 또래의 장례식인 것이다. 어수선한 가운데서도 좌중의 침묵은 돌처럼 무겁게 가라앉았다. 사내는 나무젓가락으로 가만히 수육 한 조각을 집어 새우젓에 적신 후 입으로 가져갔다. 침묵 속에서 사내는 오물오물 입을 움직였다.

그때 화장실에 다녀온 선배 하나가 자리에 앉다가 종이 컵에 담긴 맥주를 엎질렀다. 옆자리에 앉아 있던 동기의 바지에 맥주가 쏟아지자 작은 소동이 일었다.

선배는 여전하다니까. 여전히 산만해. 하하.

동기는 펄쩍 뛰어 일어나면서도 선배의 실수를 웃음으

로 넘겼다. 그러자 분위기가 문득 화기애애해졌다. 여기저기서 작은 웃음소리가 새어 나왔다.

그나저나, 여전히 허우대가 좋구만. 뭐 하고 지내나?

앞자리에서 근엄한 표정으로 앉아 있던 동기 녀석 하나가 넥타이를 느슨하게 풀면서 사내에게 물었다.

뭐 사업 좀 하고.

사내는 잠시 말을 끊었다가, 갑자기 생각났다는 듯 바로 이어서 말했다.

이번에 구의원 뺏지도 달아 볼 작정인데 말야. 정당 활동이나 성실히 하려고 했는데, 주위에서 자꾸 권하는 바람에, 하하. 그래서 정책대학원에 등록했더니 끗빨 있는 사람들이 꽤 되드구만.

그러자 과거에 같은 동아리에 있던 동기가 '끗빨'의 운(韻)을 받아서 말했다. 같은 동아리인데도 정파가 달라서 사이가 그리 좋지 않던 녀석이었다.

말빨 하난 끝내주더니, 결국 정치로구만. 하긴, 말빨이 끗빨이지.

작은 웃음이 일었다. 웃음 사이에서 누군가 녀석의 말을 받아 이으며 비아냥거렸다.

사업빨은 잘 못 받았잖아? 한 번 들어먹었지? 무슨 고깃집 체인점이었나?

사내는 실패담을 끌어내는 녀석을 눈에 뜨일 듯 말 듯

흘겨본 후 태연하게 받아넘겼다.

뭐 지금도 고기 팔아 먹고살지. 비둘기 고기 말야. 하하.

사내는 사람들이 농담으로 듣고 따라 웃는 걸 곁눈질로 확인했다. 자신의 재치에 꽤 흐뭇한 느낌이 들었다. 고기 팔아 먹고산다는 표현이 겸손하게 느껴져서 조금은 만족스러운 기분까지 들었다.

하긴, 동기의 말이 사실은 사실이었다. 사내는 졸업 후 몇 개의 회사를 전전했지만 오래 버티지 못했다. 능력이 없어서는 아니었다. 제 능력이 뛰어나다고 생각했고 주위 사람들도 대체로 동조해 주었기 때문에 다른 욕심이 자꾸 생겼다. 자신을 과신한 사내는 곧 회사를 그만두고 사업을 시작했다. 하지만 이상하게도 하는 사업마다 실패했다. 가격 파괴 고깃집 체인점이 유행일 때 가게를 닥치는 대로 늘리다가 겨우 손해만 면하고 물러난 적도 있었다. 그러다가 육류를 주로 취급하는 식재료 유통업에 손을 대고서야 작은 성공을 맛볼 수 있었다. 육류와 함께 식당에서 쓰이는 야채류 및 잡다한 물품 등을 납품하고 마진을 챙기는 중개상이었다. 그가 소매업소에 넘기는 육류 가운데는 실제로 비둘기 고기도 있었다. 비둘기 고기로 꼬치를 만든 후 꽃참새구이라는 그럴듯한 이름으로 몇몇 포장마차에 공급했는데 의외로 반응이 괜찮았다. 비둘기 고기도 가공하기에 따라서는 먹을 만한 아이템이었다. 소규모 식재료 유통상이긴 했지만 어쨌든 그는 어엿한 중소기업가였다.

사내는 친구들과 떠들면서도 탁자 구석에 앉아 있는 한 여자를 의식하고 있었다. 여자는 몇몇 동료들과 어울려 앉아 있긴 했지만, 아까부터 내내 우울한 표정을 풀지 않았다. 사내는 조문을 끝내고 접객실에 들어올 때부터 여자를 첫눈에 알아보았다. 하지만 먼저 말을 거는 건 어쩐지 부자연스러웠다. 그는 흘낏흘낏 여자를 쳐다보았을 뿐이었다.

*

여자는, 한때 연인이었던 남자가 너무 빨리 지상에서 사라져 버렸다는 것에 대해 별다른 감회를 갖지는 않았다. 아마도 자신이 사랑했다기보다는 자신을 사랑했던 남자이기 때문인지도 몰랐다. 연하에 언제나 후배 같은 느낌이었던 탓도 있을 것이다.

장례식장에 들어오면서 여자는 약간은 비감에 젖었지만 시간이 지나자 그 감정은 천천히 희미해졌다. 그리고 아무런 느낌도 살아나지 않았다. 하긴 젊은 시절의 한때라는 것은 누구에게나 있는 법이며 한때라는 것은 언제나 흘러가는 법이 아닌가. 여자는 그렇게 생각했다.

그래도 알 수 없는 무력감이 드는 것은 어쩔 수 없었다.

이제는 세상에 존재하지 않는 남자가, 사실 자신이 만난 사람 중 가장 믿을 만한 남자였는지도 모른다는 생각이 들었다. 게다가 옆자리에서 흘러나온 대화를 듣고는 가벼운 충격을 느끼기까지 했다. 죽은 남자는 연애도 결혼도 하지 않은 모양이었다. 여자는 잠시 고개를 숙여 바닥을 바라보다가 맥주 한 모금으로 입술을 축였다.

하긴, 어딘지 모르게 답답하고 창의력…… 창의력이 모자랐어.

가끔 옛 연인이 생각날 때마다 여자는 이렇게 정리하며 혼자 고개를 끄덕이고는 했다. 지나고 보면 몇 개의 문장이나 느낌으로 남는 것이 인간관계라더니.

게다가 죽은 남자에 대해서는 어딘지 답답했다는 것 외에 별반 남아 있는 인상이 없었다. 몇 개의 앙상한 이미지와 문장이 남자에 대한 기억을 대체했지만 이제는 그런 기억에조차 죽음의 그림자가 드리워진 것이다.

*

장례식장에서 여자가 세상을 뜬 남자만을 생각한 것은 아니었다. 여자 역시 흰 종이가 깔린 탁자 저편의 사내를 의식하고 있었다. 죽은 남자도 후배였고 사내도 후배였지만, 언젠가부터 후배니 선배니 따지는 것이 우습게 느껴졌다.

사내는 어두운 표정으로 들어와서, 어느덧 밝은 표정이 되어 동문들과 이야기를 나누고 있었다. 여자는 그의 얼굴을 힐끔거렸다.

여전히 얼굴 하난 잘생겼네. 특히 저 콧날.

옆에 앉은 후배 하나가 비아냥을 섞어 혼잣말을 했다. 그 후배도 사내를 좋아했었다는 것을 여자는 알고 있었다. 사내는 확실히 미남이었으며 매너가 좋았고 보기 드물게 말을 잘했다. 입만 빠른 것이 아니라 진심 어린 호소력이 있다는 게 강점이었다. 가끔 하늘 저편을 바라보며 우수에 잠길 때는 상당한 매력을 느끼게 했다. 특별히 문학에 관심이 있는 것 같지는 않았지만 얘기를 나누다 보면 꽤 많은 시인 작가 들을 알고 있었다. 때때로 시와 소설의 구절을 외워 인용하는 것도 사내의 매력 중 하나였다. 그게 상황에 맞는 인용이었는지는 의아했지만, 어쨌든 지적인 인상을 주기에는 충분했다.

하지만 결정적인 결점이 있었지.

여자는 문득 그 생각을 떠올리고는 만감이 교차하는 표정을 지었다. 그랬다. 서로 공식적인 연애 관계가 성립되었다고 느낄 무렵, 사내는 이렇게 물었다. 대단히 심상한 표정이었다.

도천이랑은, 몇 번이나 잤어?

인문관 옆의 숲속 벤치에서였다. 기말고사도 끝물이어

서 학생들이 썰물 빠지듯 교정을 빠져나간 후였다. 하늘은 푸르고 구름은 아름다웠다. 이 좋은 날에 이런 진부하고 한심한 질문을 받아야 하나. 여자는 한숨을 내쉬었다.

마치 아무렇지도 않게 지나가는 것처럼 물었지만, 여자는 이것이 둘의 연애 관계가 지속될 것인지 아닌지를 결정하는 중차대한 질문이라는 것을 직감했다. 여자는 두 가지 버전의 대답 중에서 고민했다. 내가 걔랑 자든 말든 옛날 일인데 무슨 상관이야. 또는, 자긴 뭘 자.

여자는 후자를 택했다.

자긴 뭘 자.

여자는 가벼운 어조로 되받았다. 사내는 먼 곳을 바라보는 듯한 표정을 지었다. 여자는 사내의 옆모습을 흘끔거렸다. 잘생긴 프로필에는 로맨틱한 우수가 어려 있었다. 사내가 조용히 입을 열었다.

안 잤다고? 그걸 믿으라고?

우수 어린 입술에서 나온 말이라고는 믿을 수 없었다. 어이없는 느낌이 여자에게 밀려들었다.

지금 그게 중요해? 중요한 건 지금 나하고 너 아니야? 너, 남자답지 못해.

여자는 '남자답다'는 표현이 당시 막 시작한 여성주의 스터디의 내용과 배치된다는 것을 떠올렸다. 편견을 재생산하는 데 기여하는 표현이라는 건 자명했다. 그래서 사내의 침묵을 이용해 곧바로 덧붙였다.

사내로서 자격 미달이야.

여자는 내심 당황했다. 편견이고 뭐고를 떠나 진부하고 어리석은 표현이었다.

*

여자는 그런 관계도 괜찮다고 생각했다. 가령 평화로운 삼각관계 같은 것 말이다. 예전에 도천에게 얘기한 적이 있는 독일 소설이 떠올랐다.

소설에는 한 여자와 두 남자가 다정하게 아침 식사를 하는 장면이 있었다. 두 남자는 한 여자를 공히 사랑했으며, 한 여자 역시 두 남자를 공평하게 사랑했다. 한 여자는 한 남자와 다정한 섹스를 나눈 후, 다음 날에는 다른 한 남자와 격렬한 섹스를 나눈다. 그것은 풍요로운 관계였다. 한 남자는 다른 한 남자를 질투하지 않았고, 한 여자는 두 남자를 소유하려고 하지 않았다.

이런 관계를 사랑이라고 하지 않을 이유가 없다고, 여자는 도천에게 말했다. 인문관 옆의 숲속 벤치에서였다. 궁극적으로는 모든 남자와 모든 여자가 완전히 자유로운 상태에서 사랑을 나누는 사회가 올 거라고, 여자는 진지하게 설명했다. 그때 도천은 더듬거리며 여자에게 물었다.

프리…… 섹스 말이야?

여자는 답답했다. 도천은 여자의 말을 이해하지 못했다. 여자가 단호한 어조로 말했다.

내 얘기는, 서양식의 프리섹스가 아니라, 구속 없는 사랑이 가능한 사회적 조건을 말하는 거야.

*

한때이기는 했으나 어쨌든 사랑을 하기는 했던, 옛 남자의 죽음을 조문하는 자리였다. 이런 자리에서 그런 기억을 떠올리는 것이 도리는 아니라고 여자는 생각했다. 하지만 10여 년이 넘는 세월 동안 서서히 흐릿해지던 추억이 갑자기 되살아나 밀려오는 것은 어쩔 수 없었다. 모든 일들이 엊그제인 듯 생생하게 느껴졌다.

그때 여자는 사내가 미웠다. 자기가 사랑한 것은 도천이 아니라 사내였는데도, 사내는 매사에 단호하지 못했다. 사내는 여자와 다른 여자들 사이에서 모호한 태도를 취했던 것이 틀림없었다. 여자는 자신이 생래적으로 그런 모호한 상태를 견디지 못한다고 생각했다. 무엇보다 구속 없는 사랑이 가능한 관계란 말처럼 그리 쉽지 않다는 것을 깨달았다.

여자는 결별을 선언한 이후에도 사내의 얼굴과 따뜻한

몸과 곧은 콧날과 매력적인 프로필이 그리웠다. 도천의 몸에서는 따뜻함을 느끼지 못했다. 도천의 손을 잡고 있으면 차갑다는 느낌이 들었다. 도천의 체온 자체가 낮았기 때문이었지만, 여자는 그렇게 생각하지 않았다.

그 차가운 느낌이 두 사람의 관계에 알게 모르게 중요한 장애가 되었노라고 여자는 생각했다. 물론 도천은 사내에 비해 성기가 단단한 편이었지만 여자는 삶에서 중요한 것은 그런 것이 아니라고 생각했다.

*

사내 역시, 친구의 장례식장에 와서 옛 연인을 만난다는 것이 약간은 기묘하게 느껴졌다. 죽은 친구는 한때 그가 사랑했던 여자의 옛 연인이기도 했다. 삶과 죽음과 삶이 이상하게 이어져 있었다.

삶과 죽음과 삶이라.

사내는 세 개의 단어를 잇대어 발음해 보고는 애수에 잠겼다. 사내는 먼발치에 앉아 있는 여자가, 애수에 젖은 자신의 얼굴을 흘깃 쳐다본 것을 알았다. 애수는 묘한 회한과 함께 사내의 마음을 적셨다. 삶과 죽음과 삶은 그렇게 이어지는 것이었다.

테이블 끝에 앉아 있는 옛 연인은 평범한 얼굴이긴 했지

만 지금까지 만난 어떤 사람보다도 사내의 감성을 풍요롭
게 해 주었다. 사내는 여자를 찾아 도천의 자취방에 소주
를 들고 갔던 그 밤을 떠올렸다. 사내는 도천에게는 별다
른 관심이 없었다. 도천이 기타 줄을 조용히 퉁기고 있을
때, 사내와 여자는 열심히 논쟁을 벌였다. 사회구성체가 어
떻고 상실의 시대와 전공투가 어떻고 하는 논쟁은 기타 줄
처럼 팽팽하게 당겨졌다가 엉킨 실타래처럼 제멋대로 굴러
가기도 했다. 논쟁은 논쟁이 아니라 애정을 나누는 일처럼
느껴졌다. 더 취하고 나서 사내는 갓 배운 기타 솜씨를 보
여 주기 위해 도천에게서 기타를 빼앗아 쳐 보기도 했지만
코드가 잘 잡히지 않았다. 아무래도 말을 하는 쪽이 더 나
을 것 같았다. 사내는 다시 논쟁을 시작했다.

*

모두가 얼근히 취해 있었다. 오랜만에 본 동창들은 옛
얘기에 시간이 가는 줄을 몰랐다. 누군가 다시 고인을 입
에 올렸다.

그 새끼…… 착한 놈이었는데.

모두가 문득 그 말에 압도되었다. 예기치 않게 다시 형
성된 좌중의 침묵 속에서, 이르게 머리가 벗어지기 시작한
선배 하나가 우울한 목소리로 말했다.

인제, 우리도 하나씩…… 하나씩…… 가기 시작하는 건가.

말끝이 늘어지는 걸로 보아 이미 취한 것이 틀림없었다. 비장한 어조는 여전했다. 양복이 아니라 티셔츠를 입고 온 유일한 사람이었다. 목깃조차 없는 라운드였다. 모두들 눈살을 찌푸렸다. 학창 시절에도 그의 비감이 술자리를 지배하기 시작하면 일어날 때가 되었다는 것을 알아채곤 했다.

이봐, 모두들 살아 있을 때 잘들 하라구. 메멘토 모리, 알지? 죽음을 생각하라, 그 말이지. 그게 진리란 말야.

신입생 때는 그의 비감 어린 어조에 진심으로 감동했다. 삶과 사랑과 세계에 대해서 그토록 유효적절하게 비감을 토로하는 사람을 대개는 본 적이 없었다. 세수도 하지 않은 듯한 얼굴에 길고 거친 머릿결과 허름한 차림새는, 그를 격식에서 벗어난 자유인처럼 보이게 했다. 그는 정말 자유인처럼 교정을 돌아다니다가 문득 바람처럼 사라졌으며 정말 바람처럼 다시 나타나곤 했다.

하지만 한 해가 저물 무렵이 되면, 신입생들은 선배의 비감이 매번 지나치게 진정 어린 건 아닌가 하는 의구심을 갖게 되었다. 어째서 진정 어린 비감이 좌중의 사람들을 일어서게 만드는지는 설명하기 어려웠다.

인간이란 어쩔 수 없는 거야. 인생에 집착하고 사는 게 얼마나 허망한 건지 깨달아야 돼. 메멘토 모리란 말야.

선배는 비통한 표정을 지으면서 이미 했던 말을 반복했

다. 사내는 선배의 비감에 감동을 느꼈던 신입생 시절을 떠올렸다. 이제는 비감에서조차도 멀어지는 나이가 된 건가. 사내가 의외의 비감을 느끼며 그런 생각을 할 때, 누군가 선배의 다음 대사를 막으며 말했다.

이제 일어나지. 나가서 한잔 더 하든가.

다른 누군가가 기다렸다는 듯,

그럴까.

하고 되받자 모두들 한순간에 자리를 털고 일어섰다. 아직 비감에 잠긴 선배 역시 표정을 수습하면서 주섬주섬 몸을 일으켜야 했다. 그 순간 사내의 눈이 테이블 끝자락에 있던 여자의 시선과 마주쳤다. 사내는 동료들이 몰려나가는 틈에 여자와 보조를 맞췄다.

잘…… 살았어요?

뭐 그럭저럭. 너는 어때?

사내는 여자의 어조에서 약간의 호의를 느끼자마자 바로 이어서 말했다.

오랜만인데, 어디 가서 조용히 차라도……?

…… 그럴까?

사내는 여자에게 휴대전화 번호가 적힌 명함을 건네면서 빠르게 속삭였다.

일단 헤어진 후 전화해요. 거기 정류장에서 기다릴게.

대학 시절에 그들이 자주 만난 곳은 서울의 스쿨버스 정류장 근처였다. 정류장 주위로 유흥가가 있었고 경찰서가 있었으며 버스터미널이 있었다. 대개의 학생들이 그러했지만, 수업이 끝나면 사내와 여자도 학교에 오래 남아 있지는 않았다. 새로 연애를 시작한 후 자취를 그만두고 통학을 하기로 한 탓이기도 했다. 학교가 있는 근교의 소도시를 왕복 운행하는 버스 정류장 근처가 그들의 근거지였다.

마침 장례식장은 그 버스 정류장에서 멀지 않았고 정류장 근처에는 옛 추억을 떠올려 줄 곳이 많았다. 갈라파고스도 있을 것이고 모란 여관도 있을 것이다. 무엇보다도 그 거리의 가로수와 가로수 사이에서 희미하게 빛나던 오래전의 달빛이 여전할 것이다. 사내는 시선을 돌려 앞서가는 동기들에게 쾌활하게 말했다.

저기, 나 먼저 가 봐야겠어.

냉장고

7월 26일 토요일 새벽

초로의 남자는 텔레비전을 보고 있었고, 그의 손에는 리모컨이 쥐어져 있었다. 일을 나가기에는 아직 이른 시간이었다. 무엇보다도 남자는 잠을 자고 싶었다.

준비하시고오…… 쏘세요.

남자는 중얼거렸다.

몇 번의 실패 끝에 남자의 손가락은 채널 변경 버튼을 누르는 데 성공했다. 화면이 바뀌었다. 홈쇼핑 채널이었다. 쇼호스트가 마이크를 든 채 입을 크게 벌리고 있었다. 그는 가늘고 길고 빨갛고 물컹물컹해 보이는 것을 맨손으로 들어 천천히 입에 넣고 나서, 만족스러운 듯 입을 오물거리면서 말했다.

이 오징어젓은, 다시 한번 말씀드리지만, 뽀너스입니다.

이번 기회에 간장게장과 양념게장을 한꺼번에 장만하시고 뽀너스로 오징어젓까지 마련하세요. 많은 분들이 전화를 주고 계시기 때문에 에이알에스를 이용하시면…….

남자의 손가락이 다시 채널 변경 버튼을 눌렀다. 화면은 또 다른 홈쇼핑 채널로 바뀌었다. 세 명의 여자들이 경쾌한 음악에 맞추어 기계 위를 달리고 있었다. 가운데서 달리는 여자가 헉헉거리며 말했다.

고객 여러분은, 절대, 걱정하지 마십시오. 이 트레드밀은, 아파트용으로 설계된 것이기 때문에, 아래층에 절대, 소리가 들리지 않거든요. 특수, 탄성, 소재를 사용한 강력한, 충격, 흡수, 시스템이, 적용돼 있거든요. 미국 스포츠과학연구소에서, 가정용 러닝 머신을 위해 특, 별, 히, 개발한 소재로 돼 있다는 말씀, 드립니다!

남자는 벽에 등을 기댄 채 화면의 여자를 주시하고 있었다. 여자는 충격, 흡수, 시스템이라는 말에 특별히 힘을 주어 말했다.

충격, 흡수, 시스템…… 충격, 흡수, 시스템……. 대체 잠은 왜 오지 않는 걸까.

남자는 중얼거렸다. 남자는 손 가까운 곳에 있는 비닐봉지를 끌어당겼다. 병원 이름이 쓰여 있는 반투명 비닐 안에 동그란 알약이 하나 남아 있었다.

당신 약은…… 약국에서는 못 짓는 거야. 큰 병원에서만

만드는 거지.

늙은 남자는 조금 웃었다. 남자는 손을 넣어 비닐에 든 알약을 꺼냈다. 왼손 손바닥에 비닐봉지를 탁, 탁, 털었다. 알약이 맥없이 떨어져 방바닥을 굴러갔다. 방바닥을 굴러간 알약이 자개장롱 아래로 사라졌다. 남자는 장롱 아래쪽을 물끄러미 바라보았다. 마지막 알약이었다.

이 약에는 마약 성분이 포함되어 있거든요, 하고 약사가 귀띔한 적이 있었다. 환자의 고통을 완화시키고 온몸의 신경세포들을 부드럽게 만드는 데 효과가 있다고 그는 덧붙였다. 잠자는 데도 도움이 되느냐고 물었다. 도움이 되겠지요, 하고 약사는 늙은 남자의 얼굴을 힐끗 쳐다보고는 심상하게 대답했다.

당신한테 효과가 있으니…… 나한테도 말을 듣겠지.

남자는 중얼거렸다. 남자는 여자를 위해 지어 온 알약을 자신이 먹고 잠을 청하곤 했다. 마지막 알약은 데굴데굴 굴러 장롱 아래로 사라져 버렸다. 약이 사라져 버렸으니 잠을 청하기는 틀린 셈이다. 온몸의 세포들이 조금씩 날카로워지는 느낌이 들었다. 잠을 이루지 못하는 밤이면 언제나 그런 상태가 된다. 심장이 두근거리기 시작했다. 여자 안에서 기관사가 나오고, 기관사 안에서 여자가 나왔다. 여자 안에서 나온 기관사와 기관사 안에서 나온 여자는 정갈하고 자연스러운 자세로 걸어갔다. 그 뒷모습들이 서서히 하나로 합쳐질 무렵, 열차의 굉음이 다가왔다. 심장이 두근거리는 소리는 점점 커졌다.

여보, 나가 봐야지. 잠은 역시 안 오겠는데.

남자는 텔레비전에 시선을 둔 채 말했다.

당신 약은…… 장롱 밑으로 굴러가 버렸어. 먹을 수가 없네. 이젠 홈쇼핑을 밤새 봐도 잠이 안 와.

남자는 엉거주춤한 자세로 일어나 바지춤을 허리까지 끌어 올렸다. 잠시 비틀거렸지만 곧 균형을 잡고 주방 쪽으로 걸어갔다. 식탁 위에는 사기그릇들과 종지들이 어지럽게 널려 있었다. 김치나 콩나물무침이 담긴 작은 플라스틱 통들이 있고 마른 멸치 등속을 담은 비닐봉지가 놓여 있었다. 상한 콩나물이 이젠 썩기 시작한 것인지 자극적인 냄새가 남자의 코에 흘러들었다.

여보, 청소를 좀 해야겠어. 냄새가 나잖아.

남자는 작은 미소를 입가에 흘리며 중얼거리고는 주방 구석의 냉장고를 열었다. 작은 백열전구가 켜지면서 냉장고 안이 노란빛으로 가득 찼다. 냉장고 안에 여자가 앉아 있었다. 목이 꺾여 고개가 무릎 사이에 박혀 있었고 얼굴은 냉장고 전면을 향해 있었다. 흰자위가 드러난 여자의 눈이 남자를 바라보았다. 머릿결은 전체적으로 검은빛과 흰빛이 섞여 있는 것 같았다. 냉장고 불빛 때문에 색깔이 선명하게 분간되지 않았다. 머리칼 몇 올이 여자의 왼쪽 뺨을 가로질러 흘러내렸다. 여자는 편안한 몸뻬 바지에 티셔츠를 입은 채 몸을 한껏 웅크리고 있었다. 여자의 바지 아래로 푸른색으로 변한 발이 가지런하게 놓여 있었다.

여보, 추운가?

남자는 여자를 골똘히 바라보았다.

아직…… 아픈가?

남자는 여자의 눈을 마주 보기 위해 제 고개를 갸우뚱하게 왼편으로 기울이면서 말했다.

괜찮쟈?……나, 또 나갔다 올게. 약은 잃어버렸어.

여자의 눈가가 조금 움직이는 듯했지만, 남자는 가볍게 웃음을 흘렸다. 남자는 흘러내린 여자의 머리카락을 다시 보듬어 올려 주었다. 그제야 여자의 입가에 엷은 미소가 피어올랐다. 남자는 냉장고의 손잡이를 잡은 채 말했다.

복권방이 또 생겼어. 주택복권 생각나나? 김병찬인가 걔가 잘 읊었지…….

남자는 잠시 비틀거렸다.

준비하시고오…… 쏘세요.

나흘째 잠을 자지 못한 남자의 심혈관들은 몹시 피로했다. 신경세포는 날카로웠다. 남자는 왼손을 들어 손가락을 꼽았다. 네 개의 손가락이 천천히 접혔다. 여자가 냉장고에 들어간 지 오늘로 나흘째였다. 여자는 나흘 전의 그 무더운 밤에 냉장고 안으로 들어가서 나오지 않았다.

나흘 전의 그 밤, 여자의 고개가 가볍게 떨구어질 때까지, 남자는 여자의 손을 잡은 채 멍하니 앉아 있었다. 텔레비전도 꺼져 있었다. 여자가 더 이상 움직이지 않은 지 꽤 오랜 시간이 흐른 것 같았다. 남자는 여자의 손목을 잡고 고개를 쳐든 채 허공을 바라보았다. 아니, 그것은 무엇을 바라보고 있다고는 말할 수 없는 시선이었다.

　무언가 생각난 듯, 남자는 온기가 남아 있는 여자의 손을 놓고 작은 주방으로 들어갔다. 남자는 냉장고의 음식이나 그릇들을 천천히 꺼내 식탁 위에 늘어놓았다. 김치나 콩나물무침을 담은 플라스틱 통들, 마른 멸치 등속을 싸 놓은 비닐봉지, 뚜껑이 없는 반찬 종지들을 식탁으로 옮겼다.

　여자의 몸을 끌어 빈 냉장고로 옮겼다. 여자의 몸이 편안하게 들어가기에는 냉장고의 크기가 충분하지 않았다. 남자는 여자의 머리와 팔과 다리를 모아 웅크린 자세를 만들었다. 여자의 몸이 겨우 냉장고 안에 자리를 잡자, 노란 빛을 가득 받고 있는 여자 앞에 남자는 웅크리고 앉았다. 온몸이 땀으로 뒤범벅이었다. 냉장고 안에서 시원한 공기가 흘러나왔다.

　여보…… 시원하지?

　남자는 중얼거렸다. 여자의 눈이 남자를 바라보았다. 남자는 여자의 머릿결을 부드럽게 쓰다듬어 주었다. 여자의 입에서 엷은 미소가 피어올랐다. 남자는 오래도록 여자의 머릿결을 쓰다듬고 여자의 어깨를 매만지고 여자의 발을 어루만졌다.

남자가 그날 밤부터 잠을 이루지 못한 것은 아니었다. 남자의 불면증은 만성이었고, 이삼 일에 하루 정도는 전혀 잠을 이루지 못했다. 하지만 이렇게 나흘씩 잠이 안 오는 것은 드문 일이었다. 얼마 전만 해도 홈쇼핑 채널을 틀어 놓고 있으면 서서히 잠이 찾아오곤 했다. 일을 하고 돌아오면 언제나 홈쇼핑 화면에 채널을 맞추어 놓고 밤을 보냈다. 누워 있는 여자 곁에 모로 누워 나란히 화면을 바라보고 있으면 때로는 잠이 왔고 때로는 잠이 오지 않았다. 남자가 없을 때도 텔레비전은 홈쇼핑 채널에 하루 종일 고정되어 있었다.

*

늙은 남자는 계단을 내려갔다. 남자의 다리는 약간 풀려 있었다. 남자는 계단을 내려가다 말고 서서 두 팔을 한 번씩 번갈아 가며 천천히 돌렸다. 없는 왼팔이 커다란 원을 그리자, 어깨뼈에서 오드득거리는 소리가 흘러나왔다. 이번에는 없는 왼손의 주먹을 쥐었다 폈다. 손가락 뼈마디들이 작은 소리를 냈다. 남자는 오른손으로 왼손의 뼈마디들을 조금씩 힘주어 꺾기 시작했다. 손가락 하나에 두 번씩 스무 번의 소리가, 텅 빈 계단참을 천천히 흘러갔다.

엘리베이터는 어제부터 고장이라고 했다. 고층 세대가 이미 대부분 이사를 했기 때문에 엘리베이터가 움직이지 않아도 큰 소동은 없었다. 수리를 위해 오늘 오후까지 운행을 중지한다는 관리실 명의의 공고가 현관에 나붙어 있었다. 하지만 수리공들은 오지 않을 것이다. 남아 있는 세대들은 이주비조차 받지 못한 전세 가구들과, 최고장을 받고도 이사를 가지 않은 세대들뿐이었다. 남자는 5층에서 1층까지 걸어서 내려갔다. 다행히 남자의 다리는 남자의 무게를 아직 견뎌 내고 있었다.

밖은 환하고 더웠다. 남자는 고개를 들어 아파트 건물을 1층에서 10층 꼭대기까지 천천히 바라보았다. 건물이 낡아서 균열이 시작되었다고 했다. 정말 무너질지도 모른다는 소문이 돌았다. 누군가는 재건축조합 측에서 일부러 불을 놓을 거라는 그럴듯한 주장을 펴기도 했다. 재건축 반대 비대위 사람들이 조를 짜서 밤에 순찰을 돈 적도 있었다.

재건축조합 임원이라는 여자가 몇 번씩 문을 두드렸다. 그때마다 남자는 홈쇼핑 채널에 눈을 둔 채 문을 열지 않았다. 최고장이 날아들었다. 2개월 내로 이사를 가지 않으면 강제처분에 부친다는 경고문이었다. 최고장은 휴지통에 버려졌다.

102동과 103동 사이에 태양이 걸려 있었다. 남자는 걸음을 멈췄다. 냉장고 안의 여자를 생각하면서 흐릿하게 떠 있는 태양을 바라보았다. 아스팔트는 차곡차곡 쌓인 지열을 거의 식히지 못했다. 많은 집들의 창문이 열려 있었지만 모든 집에 사람이 사는 것은 아니었다.

102동 4층인가 5층쯤의 베란다에 사람이 나와 있었다. 그 사람은 실루엣만으로 늙은 남자의 눈에 들어왔다. 남자는 고개를 쳐들고 베란다에 선 실루엣을 멍하니 바라보았다. 실루엣은 건너편 아파트 창문에 반사된 햇빛 때문에 잘 보이지 않았다.

베란다의 실루엣이 먼 곳을 향해 고개를 들었다고 생각하는 순간, 무언가가 실루엣에서 떨어져 나와 추락했다. 검은 그림자가 빠른 속도로 떨어져 내렸다. 남자는 자기도 모르게 소리를 질렀다.

억.

남자는 양손으로 머리를 감싸며 주저앉았다. 곧이어 퍽 하는 작고 둔탁한 소리가 새벽의 아파트에 울려 퍼졌다. 남자는 머리를 감싼 채 주저앉아 있었다.

준비하시고, 쏘세요, 준비하시고 쏘세요, 준비하시고, 준비하시고…… 쏘세요. 준비하시고…….

늙은 남자는 양손으로 머리를 감싸고 빠른 속도로 중얼거렸다. 그것은 기도나 주문에 가까운 것 같았지만, 다급한 신호로 들리기도 했다. 약간의 시간이 흘렀는데도 주위가 조용했다. 남자는 여전히 주문을 외면서 조심스럽게 눈을 떴다. 남자는 제 머리를 쓰다듬었다. 머리 위로 떨어진 것은 아니었다. 남자는 엉거주춤 상체를 일으켜 천천히 주위를 둘러보았다. 추락한 사물은 늙은 남자의 뒤쪽으로 약 3미터쯤 거리에 널브러져 있었다.

그것은 사람이 아니었다. 갈색에 털이 없는 짐승이었다. 쓰러져 있던 짐승은 앞다리를 들어 비틀비틀 일어서고 있었다.

그것은, 개였다. 작고, 마른 개였다.

작고 마른 개는 천천히 일어서면서 흔들렸다. 그랬다. 개는 흔들리고 있었다. 그렇게 조금씩 흔들리면서 네 다리로 버팅기고 있었다. 작고 마른 개가, 작고 마른 개에게서 흘러나왔다. 그것은 확실히, 개에게서 개가 흘러나오는 모습이었다. 이윽고 개에게서 흘러나온 개는 보도블록 위에 서서 남자를 바라보았다.

늙은 남자는 눈을 감았다가 떴다. 눈을 비볐다. 여보, 나는 잠을 자지 못했어. 남자는 중얼거렸다. 쓰러져 있는 개에게서 흘러나온 개는 두 다리로 땅을 딛고 똑바로 서서 남자를 빤히 바라보고 있었다. 개는 이제 막 치타나 사슴처럼 벌판을 달려갈 듯 자유로워 보였다.

남자의 눈과 개의 눈이 마주쳤다. 남자는 새벽의 아스팔

트 위에 서서 자신을 빤히 바라보는 작은 개의 눈을 마주
보았다. 개의 눈빛이 남자의 눈에 스며들었다. 남자는 개와
시선을 마주하고 있는 시간이 한량없다고 생각했다. 꽤 긴
시간 동안 개는 커다랗고 검은 눈으로 남자를 바라보았다.
남자는 작고 마른 개의 눈에서 시선을 떼지 못했다. 개의
눈에는 흰자위가 없었다.

남자는 천천히 고개를 들어 아파트 위쪽을 바라보았다.
4층인가 5층쯤의 베란다에 나와 있던 사람의 실루엣은 사
라지고 없었다. 남자는 제 심장에 손을 갖다 댔다. 심장 고
동이 심하게 울렸다. 늙은 남자는 중얼거렸다.

준비하시고오…… 쏘세요. 준비하시고오…….

베란다

7월 26일 토요일 새벽

소파 위에 누워 있던 30대 남자가 눈을 뜬 것은 새벽이었다. 남자는 아이의 시선을 느꼈다. 아이가 그를 바라보고 있었다.

수미야.

그는 아이의 이름을 불렀다. 아이는 대답하지 않았다. 아이는 베란다로 난 통유리 앞에서 새벽의 희미한 햇살을 역광으로 받고 있었다. 아이의 등 뒤에서 빛이 들어왔기 때문에 아이의 표정은 잘 보이지 않았다. 하지만 남자는 본능적으로 아이의 시선이 자신에게 꽂혀 있다는 것을 알았다.

아이의 곁에는 치와와가 고개를 내려놓은 채 누워 있었다. 치와와는 아무것도 먹지 않았고 먹을 의사도 없어 보였다. 개는 온몸에 맥이 빠진 포즈로 앞다리에 머리를 내

려놓은 채 눈을 감고 있었다. 햇빛이 눈에 익으면서 아이의
얼굴이 남자의 망막에 서서히 맺히기 시작했다. 아이의 시
선은 남자를 향하고 있었지만 꼭 그런 것 같지도 않았다.
무언가를 바라보고 있다고는 말할 수 없는 시선이었다. 아
이의 시선은 남자를 지나 먼 곳을 향하고 있었다. 남자는
어쩐지 안도의 한숨을 내쉬었다.

*

　여자의 장례는 그럭저럭 끝났다. 관은 25만 원짜리를 골
랐다. 50만 원짜리도 있고 30만 원짜리도 있고 15만 원짜
리도 있다고 했다. 여자의 모친은 50만 원짜리를 골랐지만
남자는 30만 원짜리를 선택했다. 둘 다 오동나무 재질이었
고 두께 외에는 별다른 차이가 없어 보였다. 제의용품을
담당한다는 직원은 두께뿐 아니라 디자인에도 차이가 있
음을 환기시킨 후, 정갈하고 겸손한 목소리로 설명했다.
　사실은, 오동은 오동이라도 같은 오동이 아니거든요. 오
동은 향나무 재질보다 좀 물러서 일찍 썩는데, 싼 게 아무
래도 오래가지 못하고요…….
　고개를 끄덕이면서도 남자는 오래가는 오동나무에 대
해 생각했다. 대체 오래가는 오동이라는 건 어떤 것일까.
땅속에서 홀로 오래가는 오동나무. 그 오동나무는 오동나

무 안의 사람과는 별다른 관계가 없을 거라고 남자는 생각했다. 오동은 오동이라도 같은 오동은 아니겠지만, 모든 오동은 어쨌든 흙과 하나가 되어 갈 텐데…….

하지만 여자의 모친은 남자의 등에 대고 여전히 소리를 지르고 있었다.

그래, 20만 원 아껴서 네놈이 잘사나 보자아.

말끝을 길게 늘인 카랑카랑한 목소리가 장례식장 복도에 울려 퍼졌다. 남자는 뒤를 돌아보지 않았다.

역시 죽은 자는 말이 없는 법이다. 남자는 사후의 호사스러움에 대해 오래전부터 혐오감을 느껴 왔다. 거대한 비문을 세우고 화려한 묘석으로 치장한들 그게 죽은 자와 무슨 상관이 있을 것인가. 그건 죽은 자에 대한 경외가 아니라 살아 있는 자들의 자기만족을 위해서일 뿐이다. 하지만 여자의 모친은 남자의 등 뒤에서 계속 욕을 해 댔다.

남자는 조금씩 화가 나기 시작했다. 이런 경우에는 화장을 하는 게 일반적인데도 여자의 모친은 절대 화장은 안 된다고 우겼다. 가끔씩이긴 하지만 치매기가 보인다고 말한 것은 생전의 여자였다. 아직 초기이긴 하지만 성격이 조금씩 변해 갈 거라는 말도 덧붙였다. 남자는 화장이라는 것이 대단히 선진적인 장례 문화라는 사실을 이해시키기 위해 노력했지만 여자의 모친은 막무가내였다. 화장을 시키려면 자기도 같이 태우라고 외치기까지 했다.

원래 여자의 모친과 그리 사이가 좋은 편은 아니었지만, 이런 상황에서라면 더 안 좋을 수밖에 없었다. 여자의 모친은 사인을 자살로 정리하려는 경찰에 남자가 유리한 증언을 해 주었다고 주장했다. 경찰에 유리한 증언이라니? 유리한 증언? 남자는 이런 사소한 사건에 경찰이 불순한 의도를 가질 리 없으며, 따라서 경찰 측에 유리한 증언이 따로 있는 것은 아니라고 여러 차례 설명했다. 하지만 설명이 끝나기도 전에 여자의 모친은 남자의 멱살을 잡고 울부짖었다.

사소한 사건? 사소한 사건? 이, 인간 말종아아…….

모친의 울부짖음은 장례식장 복도를 커다란 울림통으로 만들며 퍼져 나갔다. 복도 끝까지 갔던 소리가 돌아와 남자의 귀에 응응거리는 이명을 이루었다.

사실을 말한 것뿐이에요.

거의 들리지 않을 정도의 목소리로 중얼거리면서 남자는 여자의 모친을 밀어 냈다. 여자의 모친은 아직 정신이 멀쩡한 게 틀림없었다. 사람들이 여자의 모친을 힘겹게 남자에게서 떼어 냈다.

여자의 모친은 분향실로 들어가 영정 앞에 주저앉아 울기 시작했다. 어디서 찍은 사진인지 기억나지 않았지만 가족사진 가운데 여자의 얼굴만 떼어 온 것이었다. 어색한 표정으로 여자는 웃고 있었다. 방금 짓고 있던 어색한 미소가 덜 풀린 채 얼굴근육이 정상으로 돌아오고 있는 사람의 표정 같았다. 여자의 미소 안에는 방금 전에 지나간 웃음과 곧 돌아올 무표정이 기이하게 뒤섞여 있었다. 가족사진이었으므로 여자 곁에는 남자와 아이가 있었지만, 지금 영정 안에는 여자의 얼굴만 따로 떼어져 남아 있었다.

식장은 이틀 내내 한산했다. 한 인간이 지상에서 사라졌는데도 사람들은 별다른 관심을 갖지 않았다. 남자는 약간의 비감에 젖어 들었다. 아무리 생각해도 이상한 일이었다. 인생에서 가장 괴로운 것이 죽음인데, 죽음은 살아 있는 사람들의 수만큼 무수하게 발생하는 것이다. 그러니까 인생에서 가장 괴로운 것이 죽음인데, 이것은 세상에서 가장 흔한 것 중의 하나인 것이다. 남자는 이해가 되지 않았다. 장례식장에는 빈 객실이 거의 없었다. 안내 전광판에는 끊임없이 새로운 이름이 추가되었다. 방마다 사람들이 왁자지껄 떠드는 소리가 가득했다. 어떤 방에는 초저녁부터 고스톱 판을 벌인 사람들이 한 켠에 모여 있었다. 쓰리고에 피박을 외치는 중년 사내들의 고함 소리가 간헐적으로 복도에 울려 퍼졌다. 웃음소리가 뒤따라 몰려나왔다. 누가 죽든, 생전에 알던 사람들은 바쁜 시간을 쪼개 잠시 병원에 들러 조문을 한다. 조문을 마친 뒤 육개장을 먹고 술을 마시거나 고스톱 판을 벌인다. 조문객들은 이윽고 자리를 털고 일어나 귀가하고, 잠이 들고, 깨어나고, 다시 생을

계속할 것이다. 죽은 이가 바라보던 거리와 죽은 이가 왕래
하던 건물들과 죽은 이가 잠자던 방 역시 변함없이 그 자
리에 있을 것이다. 어떤 시간도 어떤 공간도 전혀 줄어들거
나 사라지지 않을 것이다. 남자의 비감은 깊어졌다. 갑자기
눈물이 앞을 가렸다. 이제 지상에서 영영 사라져 버린 여
자가, 사무치게 보고 싶었다.

*

남자는 소파에 앉은 채 아이를 바라보았다. 아이의 시선
은 남자를 향하고 있었지만 남자의 몸을 지나 먼 곳에 닿
아 있었다. 비어 있다⋯⋯고 말할 수도 있는 눈빛이었다.
아이가 치와와를 향해 시선을 돌리자, 치와와도 머리를 들
고 아이를 바라보았다. 둘이 눈이라도 맞추는 모양이었다.
남자는 아이의 시선을 따라 치와와를 바라보았다. 검은
눈망울에 눈곱이 잔뜩 끼여 있었다. 치와와의 시선이 아이
를 떠나는가 싶더니, 문득 남자에게 머물렀다. 검은 눈망울
이 남자의 눈에 맞추어져 있었다.
남자는 치와와의 눈을 노려보았다. 개에 대한 여자의 애
정은 좀 지나칠 정도였다. 서로의 취미와 기호는 존중하는
편이었기 때문에, 남자는 여자가 개를 기르기 시작했을 때
별다른 이의를 제기하지 않았다.

그런데…… 밤에 짖어 대면 위층 아래층에서 항의가 들어오지 않을까, 아무래도.

정도의 말을 했을 뿐이다. 여자는 아이를 성실히 대했지만 치와와에 대해서도 평등하게 성실했다. 남자는 아이에게 성실했지만 개에게는 그렇지 않았다. 치와와를 아이와 평등하게 대하는 것은 말도 안 되는 일이라고, 남자는 생각했다. 비좁은 주방의 싱크대 수납장을 열어 보면 개 먹이가 한 칸을 다 차지하고 있었다. 이름도 읽어 내기 어려운 외국산 통조림들이 쌓여 있었기 때문에 남자는 눈살을 찌푸리곤 했다.

남자는 치와와의 멍한 눈을 노려보았다. 치와와의 검은 눈망울은 남자의 시선을 받고도 별다른 반응을 보이지 않았다. 반들거리는 물기가 그 검은 눈망울에 배어 있었다. 물기 아래로 눈곱이 두텁게 맺혀 있었다. 치와와의 시선은 남자의 시선과 마주친 채 오랫동안 움직이지 않았다.

치와와……. 치와와라……. 개새끼라…….

남자는 무슨 주문이라도 외우듯이 중얼거렸다. 몸속에서 화가 피어오르는 느낌이었다. 무언가 결심한 듯, 남자는 소파에서 몸을 일으켰다. 장례를 치르면서 무리한 탓인지 뼈마디들이 일제히 작은 소리를 내며 흩어졌다가 다시 자리를 잡았다. 양팔을 들어 기지개를 켠 후 양쪽 어깨를 차례차례 두어 번씩 돌렸다. 그리고 남자는 아이와 치와와에게 다가갔다. 조금은 단호하다고 할 수 있는 걸음새였다. 남자는 다리 사이에 대가리를 묻은 채 누워 있는 치와와를 안고 베란다로 나갔다.

아직 새벽이었다. 공기는 후텁지근했다. 아스팔트의 지열 때문에 공기의 온도는 밤새 내려가지 않았다. 왕래하는 사람은 보이지 않았다.

이런 것을 열섬이라고 하나.

남자는 중얼거렸다. 열섬은 도시를 정말 섬처럼 감싸고 있는 것 같았다. 뜨거운 열기가 섬에 가득 찬 후 갑자기 폭발하는 광경을 떠올리자 통쾌한 느낌이 들었다. 남자는 치와와를 왼팔로 감싸 안고 희뿌연 매연이 가득한 하늘을 바라보았다. 하늘을 향하던 시선이 맞은편 아파트로 천천히 이동했다. 도색이 벗겨진 채 방치된 아파트는 몰골이 흉물스러웠다. 철거 직전의 아파트라는 게 겉으로 드러나 있었다.

흉물……. 흉물이지.

남자는 중얼거렸다. 이 지겨운 아파트를 떠나 이사를 가기로 날까지 잡았는데 갑자기 장례식을 치렀다. 장례식장에 있던 둘째 날 아침에, 깜빡 잠이 든 남자의 휴대전화가 요란하게 울렸다. 이삿짐센터의 젊은 사장이었다. 지금 집 앞에 와 있는데 집에 아무도 없으면 어떻게 하느냐고, 자신이 직접 이삿짐을 나른다는 사장은 항의했다. 남자는 사정을 설명했다. 사람이 죽어서 경황이 없었다고 덧붙였다. 젊은 사장은 잠시 침묵하다가, 전화를 탁 끊으며 끝내 한마디를 남겼다.

아니, 그럼 미리미리 전화를 해 주셨어야죠.

전화기 폴더를 닫으며 남자는 고개를 떨어뜨렸다. 알 수 없는 비감과 분노가 다시 온몸에 번져 갔다.

지금쯤이라면, 평수는 작지만 깔끔한 새 아파트에 들어가서 짐 정리를 하고 있어야 옳았다. 둘째 날 아침에 느꼈던 비감과 분노가 남자에게 다시 찾아왔다.

남자는 베란다에 서서 건너편 동의 이 끝에서 저 끝까지를 훑어보았다. 아파트 복도에는 아직 인적이 없었다. 새벽이었고, 토요일이었다.

왼팔에 안겨 있던 치와와가 낑낑거렸다. 남자는 오른손으로 치와와의 목덜미를 쥐고, 베란다 바깥으로 천천히 팔을 뻗었다. 목덜미를 잡힌 채 허공에 떠 있는 치와와가 남자를 쳐다보았다. 치와와의 눈을 마주 노려보았다. 남자와 눈을 맞대고 있는 개의 표정에는 별다른 변화가 없었다. 개의 눈은 검은빛으로 번들거렸다. 남자는 팔을 안으로 한 번 접었다가, 바깥으로 힘껏 뻗었다. 그리고 그 순간, 치와와의 목덜미를 잡고 있던 손을 놓았다.

치와와는 허공에서 한 바퀴 회전한 후 아래로 추락했다. 남자는 팔을 쭉 편 그 자세로 치와와가 잠시 머물렀던 허

공을 바라보았다. 그 순간,

억.

하는 사람의 비명이 아래쪽에서 들려 왔다. 그리고 거의
동시에, 퍽 하는 소리가 들렸다. 두 개의 소리는 크지 않았
고, 대체로 무시할 만한 정도였다. 작은 메아리가 아파트
저편까지 흘러갔다가 돌아와 남자의 귀에 들어왔다.

남자는 베란다에서 상체를 앞으로 내밀어 아래를 내려
다보았다. 쓰러진 치와와가 보였다. 그 곁에 사람 하나가 주
저앉아 있었다. 아래쪽에서 올라온 비명의 주인이 틀림없
었다. 비명이라기보다는, 그저 약간의 놀라움을 표시할 뿐
이라는 듯 억제된 목소리였다. 베란다에 몸을 내밀고 있던
남자는 상체를 거둬들여 집 안으로 들어왔다.

온몸에 힘이 빠지는 느낌이었다. 털썩, 소파에 앉았다.
허공에서 물끄러미 자신을 바라보던 치와와의 눈빛을 떠
올리자 갑자기 웃음이 터져 나왔다. 기침인 듯 웃음인 듯
혹은 발작인 듯, 남자의 웃음은 단속적으로 이어졌다. 그
의 웃음이 새벽의 실내를 가득 채웠다가, 낡은 아파트의
벽 속으로 흔적 없이 스며들었다. 자신의 웃음이 어디로
사라지는 것인지에 대해서 남자는 전혀 생각하지 않았다.

꽤 오랜 시간이 지났다는 느낌이 들 무렵, 남자는 천천
히 웃음을 멈추었다. 고통스러운 웃음이었다. 텅 빈 배 속
깊은 곳에서 식도까지가 온통 흔들리는 느낌이 들었다. 몹

시 피곤하다는 사실을, 남자는 그제야 깨달았다. 무기력한 느낌이 전신을 감쌌다. 좁고 지저분한 거실을 바라보았다. 깊은 물속 같은 풍경이었다. 아이가 스케치북에 그린 수많은 물고기들이 심해를 떠다니고 있었다. 이상하고 기괴한 모습의 심해어들이, 바닷속의 잔물결을 타고 하늘하늘 날아다니고 있었다. 남자는 심해어들의 지느러미가 참 아름답다는 데 생각이 미쳤다.

그리고 남자는 문득, 아이가 보이지 않는다는 것을 깨달았다.

또 어딜 간 거람.

남자는 중얼거리면서 소파에서 일어섰다. 자신의 목소리가 뜻밖에 대단히 일상적이라는 것이 남자는 마음에 들었다. 두 개의 방문과 화장실 문을 열어 보았지만 아이는 보이지 않았다. 남자는 텅 빈 거실을 떠다니는 심해어들 사이에 멍하니 서 있었다.

갈라파고스의
외로운 조지

7월 26일 토요일 새벽

장례식장을 나온 사내와 여자는 약속대로 스쿨버스 정류장에서 만났다. 그들은 자연스럽게 갈라파고스로 향했다. 갈라파고스는 사내와 여자가 학창 시절에 자주 가던 카페였다. 단골이라고 할 만했다. 스쿨버스 정류장에서 꽤 떨어진 곳에 있었기 때문에 대학의 지인들을 마주칠 염려도 별로 없었다. 정류장에서 만난 사내와 여자가 약속이라도 한 듯 갈라파고스를 향해 걸음을 옮긴 것도 무리는 아니었다.

　이것은 갈라파고스로 가는 길의 거리 풍경이다……. 그들은 오랜만에 옛 추억에 잠겼다. 건물들이 새로 생기고 간판들이 바뀌었으므로 예전의 모습은 거의 남아 있지 않았다. 하지만 그랬기 때문에 그들은 신선한 기분으로 추억에 잠길 수 있었다.

와, 갈라파고스가 그대로 있네?

사내와 여자는 조금 놀랐다. 주위는 다 변했는데 갈라파
고스만큼은 변한 게 없어 보였다. 크고 화려한 네온사인들
사이에 겨우 매달려 있는 작은 간판까지 그대로였다. 중세
풍으로 디자인된 소형 놋쇠 간판이 아무런 조명 장치도 없
이 바람에 흔들리고 있었다.

카페는 나지막한 2층 건물의 지하에 있었는데, 입구부
터 독특하게 꾸며져 있었다. 지하로 내려가는 계단의 양쪽
벽면에는 난간을 대신해서 굵고 단단한 동아줄이 붙어 있
었다. 동아줄은 손때가 묻어 거뭇한 빛깔을 띠고 있었지
만, 그 컬러가 오히려 고풍스러운 느낌을 주었다. 계단 양
쪽 벽면에 그려진 그림은 갈라파고스 주인이 직접 작업한
것이라고 했다. 대체로 어두운 톤의 벽화에는 눈을 커다랗
게 뜨고 한껏 입을 벌린 인물들이 묘사돼 있었다. 뭔가를
두려워하는 표정 같기도 했지만, 달리 보면 격렬한 쾌감을
느끼는 표정 같기도 했다. 비명을 지르는 것 같기도 했고
신음을 내는 것 같기도 했다. 그들의 하반신은 지하의 소
실점으로 마치 빨려 들어가듯 사라지고 있었다. 하지만 어
떻게 보면 지하의 소실점에서 사람들이 막 튀어나오는 장
면처럼 보이기도 했다. 그들의 등에는 짧고 조악해 보이는
날개 같은 것이 달려 있었기 때문에 사람이라고 단정하기

는 어려웠다. 천사인지 악마인지 아니면 유령인지 알 수 없었다.

그림의 분위기에 어울리게, 갈라파고스 계단참에는 조명이 없어 낮이나 밤이나 어둡고 침침했다. 그림들을 제대로 감상하기는 쉽지 않았다.

사내와 여자는 고개를 들어 입구에 걸려 있는 작고 검은 놋쇠 간판을 바라보았다. 간판은 바람에 조금씩 흔들리고 있었다. 삐걱거리는 쇳소리가 사뭇 음산했기 때문에, 비가 조금 내려 준다면 멋진 중세풍 분위기가 연출될 것도 같았다. 두 사람은 어쩐지 모든 것이 마음에 들었다. 지하로 내려가는 밧줄이나 양쪽 벽면의 그림들도 예전과 달라지지 않은 듯했다. 여자가 중얼거렸다.

세상에. 리모델링도 안 한 것 같은데…… 낡지도 않았네.

사내는 여자의 말을 흘려들으며 먼저 아래로 내려갔다. 어두침침했기 때문에 동아줄을 잡고 천천히 계단을 밟아 내려가야 했다. 예전과 다름없이 검은 셀로판지로 마감된 유리문 사이로 빛이 흘러나오고 있었다.

유리문의 알루미늄 손잡이를 잡는 순간, 사내는 기묘한 느낌을 받았다. 손잡이의 차가운 감촉이 아주 오래전 학창 시절의 느낌을 한꺼번에 되살려 주었던 것이다.

그래. 그럴 때가 있지.

사내는 중얼거렸다. 어떤 느낌이 까마득히 사라졌던 기

억들을 한꺼번에 호출하는 경우 말이다. 학창 시절에 배웠던 '불수의적 기억'이라는 표현이 떠올랐다. 사내의 얼굴에 약간의 미소가 번졌다.

불수의적 기억이라……. 그 어려운 단어가 아직도 머릿속에 남아 있다니. 그게 플로베르였나…… 사르트르였나…….

사내는 갈라파고스의 내부로 들어섰다. 시원한 에어컨 바람을 기대했지만 퀴퀴하다고밖에는 할 수 없는 선풍기 바람이 사내와 여자를 맞이했다. 두 사람은 잠시 눈을 감았다 떴다. 눈이 어둠에 서서히 적응했다. 갈라파고스의 어두운 실내가 시야에 들어왔다. 내부도 거의 변한 것이 없어 보였다. 벽 한쪽의 가짜 벽난로에는 셀로판지로 조악하게 마감된 전구에서 붉은빛이 새어 나오고 있었다. 목재 칸막이와 4인용 통나무 탁자들도 예전 그대로였다. 실내의 퀴퀴한 냄새는 저 오래된 목재들 때문일 것이었다.

선풍기가 벽면에 매달린 채 천천히 돌아가고 있었다. 그 시절 이후 한 번도 멈춘 적이 없다는 투였다. 그중 한 대는 고장이 난 듯 심하게 덜컥거렸다. 커피라든가 맥주 그리고 간단한 안주가 나오던 주방 쪽의 풍경도 변함이 없었다.

주방 안에는 갈라파고스의 주인이 서 있었다. 그는 사내와 여자를 힐끗 보더니 다시 커피잔을 매만지며 말했다.

왔어?

사내와 여자는 깜빡 놀랐다. 긴 머리에 어딘지 음습한 분위기를 풍기던 그때 그 주인 남자가 그 모습 그대로 그들을 맞았기 때문이었다. 사내와 여자는 동시에 서로를 마주 보면서 갈라파고스의 외로운 조지를 떠올렸다.

갈라파고스의…… 외로운 조지.

양복바지 주머니에 손을 넣고 천천히 실내를 돌아보다가, 사내는 감상적이고 회고적인 기분이 되어 다시 중얼거렸다. 갈라파고스의…… 외로운 조지. 여자는 사내의 얼굴을 쳐다보며 미소를 지은 후 다시 카페 주인에게 시선을 돌렸다.

갈라파고스의 외로운 조지는 세상에서 가장 외로운 동물로 기네스북에 오른 거북의 이름이라고 했다. 자이언트거북이라고 했던가. 주인의 설명에 의하면, 갈라파고스의 그 자이언트거북은 지상의 모든 생물 종들 가운데 혈육이라는 것이 전혀 없는 채로 홀로 남아 있는 유일한 동물이었다. 갈라파고스섬의 허허로운 해변에서 망연히 먼바다를 바라보고 있는 외로운 동물. 그런 동물을 떠올리며 그 시절의 사내와 여자는 감상에 젖어 들곤 했다.

약간은 쯔띠적인 것도 괜찮아. 요즘엔 포스트……뭐라더라, 포스트……모던인가…… 그런 것도 있잖아.

가끔씩이지만 가두시위에 나가 최루탄 가루가 몸에 묻

은 날이면, 그들은 이 카페로 돌아와 소파에 몸을 맡기곤 했다. 그러면 모종의 비애가 그들에게 스며들었다. 갈라파고스의 외로운 조지를 떠올리며 그들은 서로를 위로했다. 갈라파고스의 외로운 조지가 갈라파고스의 외로운 조지를 위로하다 보면, 갈라파고스는 쓸쓸하기 때문에 더없이 매력적인 섬으로 변하고는 했다. 갈라파고스의 외로운 조지는 카페 주인의 별명이었지만, 그게 이런 시대에 무슨 상관이라는 말인가.

주인은 지금도 30대처럼 젊어 보였지만, 여전히 모든 게 허무하다는 표정을 짓고 있었다. 희고 창백한 안색에 콧날이 날카로운 데다가 치렁치렁 아무렇게나 기른 머리를 묶어 등 뒤로 드리운 모양새였다. 전체적으로 묘하게 예술적인 분위기랄까, 어딘지 초연한 듯 쓸쓸한 분위기랄까, 그런 느낌을 자아내고 있었다. 표정 없이 건조한 얼굴 역시 갈라파고스의 주인에게 적절하게 어울렸다. 주인은 말하자면 카페 갈라파고스에서 가장 괜찮은 인테리어 소품 중 하나였다.

하지만 그냥 묘한 분위기가 있다고 하는 것으로는 부족했다. 갈라파고스의 외로운 조지에게는 확연히 눈에 뜨이는 점이 있었다. 그에게는 한쪽 팔이 없었다. 갈라파고스의 외로운 조지는 오른팔 하나로 커피도 끓이고 맥주도 내오고 서빙도 해냈다. 입구 옆에 마련된 작은 카운터에서 커다란 계산기를 한 손으로 두드리고 한 손으로 돈을 받아 넣고 한 손으로 거스름돈을 내주기도 했다. 아무런 문제가 없었고, 모든 게 자연스러웠다.

무엇보다 외로운 조지는 가끔, 낡은 데크의 엘피판을 내리고 오래된 하모니카를 꺼내 들기도 했다. 그리고 나지막하게 우울한 연주를 들려주기도 하는 것이다. 지하 카페의 고요 속에 하모니카의 간곡하면서도 애잔한 선율이 흐르면, 사내와 여자는 정말 갈라파고스의 머나먼 해변에 와 있는 듯한 표정으로 허공을 바라보고는 했다. 하모니카의 선율은 아득한 허무와 애수를 담고 있었다. 모든 것이 그 선율에서 흘러나와 그 선율로 돌아가기라도 하는 듯, 외로운 조지의 하모니카는 누구에게나 향수를 자아내는 데 유별난 능력을 발휘했다.

걸리는 점이 없지는 않았다. 그 시절에 사내는, 여자가 갈라파고스의 외로운 조지에게 보이는 호감이 좀 지나치다고 생각한 적이 있었다. 갈라파고스의 조지에게 하모니카 연주를 청하는 것은 언제나 여자였고, 그럴 때 갈라파고스의 조지를 바라보는 여자의 표정은 이미 애수에 젖을 준비가 된 듯 애잔했던 것이다.

사내는 때로 외로운 조지의 표정을 따라 지어 보기까지 했다. 하지만 자신이 긴 머리에 음습한 안색의 조지가 될 수 없다는 사실을 모를 정도로 둔감한 것은 아니었다.

그 치기만만한 시절을 떠올리며 사내는 잠깐 미소 지었다.

아니, 여전히 카페를 하시는군요?

사내는 여자와 함께 홀 가운데 자리를 잡으면서 주인에게 말을 건넸다. 문득 자신의 목소리가 중후하다는 느낌이 들었다. 하긴 이미 오랜 세월이 지난 것이다. 사내는 10여 년 전의 그 순진하고 어리숙한 청년이 아니었다. 그렇다고 생각했다.

하지만 갈라파고스의 외로운 조지가 보여 준 반응은 약간 실망스러운 것이었다.

웅? 무슨 소리야? 맥주하고 마른안주?

갈라파고스의 외로운 조지는 성의 없이 대답하면서, 어느새 맥주와 마른안주가 담긴 쟁반을 한 손으로 받쳐 들고 다가왔다. 그가 능숙한 자세로 병맥주와 마른안주를 탁자에 내려놓을 때, 사내는 힐끔 조지의 얼굴을 훔쳐보았다. 세월이 까마득히 지났는데도 어제 보던 얼굴인 듯 변함이 없었다.

와, 아저씨는 예나 지금이나 하나도 안 늙으셨네요?

사내는 자신도 모르게 그렇게 말했다. 정말이지 갈라파고스의 외로운 조지는, 예전 그대로였다. 사내 자신보다 오히려 젊어 보였다. 10여 년이 흘렀으니 쉰이 가까울 텐데도 여전히 30대 초반처럼 보였다. 주인은 별 대꾸도 없이

사내를 힐끔 바라보고는 무표정한 얼굴로 카운터로 돌아
갔다.

*

사내와 여자가 갈라파고스에서 나눈 대화는 간단하고
도 명료했다. 자질구레한 근황을 나누고 서로의 나이가 이
제 30대 중반이라는 것을 확인한 후 조금씩 애수에 젖어
든 것이다.

시간 참 빠르지?

인생이란 거…… 잠깐이야. 무상해.

좋은 시절이 그렇게 짧을 줄 알았어야 말이지. 선배랑
연애할 때가 엊그제 같은데.

…… 그렇지?

애수는 달콤했고 대화는 물 흐르듯 했다. 사내에게 생각
밖이었던 것이 있다면, 여자가 그사이에 이혼을 했다는 것
이었다.

이혼은 왜?

왜는. 인생이 그냥 그런 거지.

여자는 맥주잔을 들어 입술을 축이며 대답했다. 사내
는 안됐다는 표정을 지으며 여자의 얼굴을 물끄러미 바라
보았다. 모든 게 잘되어 가는지도 모른다고, 사내는 생각

했다.

얼마나 됐는데?

한 2년?

아이는?

없어. 너는?

여자는 그렇게 대답하고 되물었다. 전남편이 아이를 키우고 있다는 말은 하지 않았지만 특별히 거짓말이라고는 할 수 없었다. 이혼을 하기는 했지만 확실히 여자는 커리어우먼이었으며 무엇보다 혼자 살고 있었다.

가족 사항을 말할 차례가 자기에게 돌아오자, 사내는 약간은 지루하다는 표정을 지으며 자세를 고쳐 앉았다.

있지. 하나.

아들?

응.

몇 살?

인제 유치원 다니지.

안사람이랑은 잘 지내고?

잘 지내긴. 힘들지.

사내는 '힘들지'에 약간의 억양을 넣어 강조했지만 그것으로는 부족하다는 느낌이 들었다. 인생에는 뉘앙스만으로 운명이 바뀌는 순간들이 있다. 운명까지는 아니라고 해도, 이 순간은 확실히 뉘앙스가 중요한 순간이었다. 사내는 재빨리 덧붙였다.

결혼을 하는 게 아닌데.

왜?

왜는. 선배가 이혼한 것처럼, 인생이 그냥 그런 거지.

사내는 잠시 전 여자의 표현을 반복한 후, 자신의 재치에 약간의 만족을 느꼈다. 결혼 생활의 지루함과 불행함을 강조함으로써 혼자 사는 상대의 외로운 삶을 위로하는 것은 기본적인 예의다. 유유상종의 느낌이야말로 서로에게 호감을 갖는 데 가장 필수적인 것이기도 하다. 사내는 그렇게 생각했다. 결혼을 하는 게 아닌데, 라는 말은 게다가 거짓이 아니었다. 그것은 특히 오늘 아침에 사내의 머릿속을 지나갔던 생각이기도 했다.

여자의 입가에 살짝 미소가 번졌다. 잠시 침묵이 찾아왔다. 여자는 생각에 잠긴 표정으로 맥주잔을 들다가, 문득 갈라파고스의 내부를 둘러보며 말했다.

옛날 생각나네. 갈라파고스는 하나도 안 변했어.

응. 외로운 조지도.

사내도 추억에 잠긴 표정으로 실내를 둘러보았다.

갈라파고스의 외로운 조지.

사내가 이렇게 말하자 여자도 마주 보며 미소를 지어 주었다. 주방에 서 있는 주인의 옆모습을 바라보면서 여자는 사내를 따라 중얼거렸다.

갈라파고스의…… 외로운 조지.

*

사내와 여자는 옛 추억 몇 가지를 더 불러내 화제로 삼
았지만, 문득 실내가 지나치게 덥다는 데 생각이 미쳤다.

이런 여름에 아직도 저런 구닥다리 선풍기만 돌리다니.

사내가 약간 불만스러운 표정을 지으며 고개를 돌렸다.
그의 시선 끝에서 낡은 선풍기가 벽에 매달린 채 더운 공
기를 밀어 내고 있었다.

그러게.

여자가 동의를 표하자 사내가 실내를 훑어보며 덧붙
였다.

에어컨이 아예 없잖아?

정말.

남자와 여자는 덜덜거리며 돌아가고 있는 선풍기로 다
시 시선을 옮기며 서로에게 동의를 표했다. 카페에 들어설
때보다 실내는 더 더워진 것 같았다. 바닥에서 뜨거운 기
운이 올라오는 느낌이 들 정도였다. 그때 선풍기 아래 걸려
있는 그림이 눈에 들어왔다. 그림은 조악한 나무 액자에
끼워져 있었다.

예전에 못 보던 건 저 그림뿐이네.

남자는 손수건으로 이마의 땀을 닦아 내며 심상한 표정으로 그림을 바라보았다. 펜화인지 판화인지 분간이 되지 않는 흑백 그림이었다. 폐허 같은 곳인데, 아마 무너진 사원이 아닌가 싶었다. 폐허 위쪽으로는 기괴한 용처럼 생긴 짐승이 하늘을 날고 있다. 짐승의 입에서는 검은 연기가 뿜어져 나오고 있다. 그 주위에 뿔과 날개를 가진 인간들이 어지럽게 날아다니는데, 가만히 살펴보니 인간이 아니라 작은 악마들이었다. 사람이라고는 오른쪽 아래 구석에 그려진 노인네뿐이었다. 수도승 같은 차림새를 한 노인은 그나마 겁에 질려 있는 듯했다. 전체적으로 뭐가 뭔지 분간이 안 될 정도로 어지러운 그림이었다.

정신이 하나도 없네. 뭐 이따위 그림을 걸어 놨지?

여자가 그림 아래에 쓰인 작은 글씨를 읽으면서 남자의 말을 받았다.

글쎄 말이야. 1635년…… 오래된 거네. 씨, 에이, 엘, 엘, 오, 티? 칼로트? 그런 화가 알아?

칼로트? 아니. 처음 듣는데. ……나갈까?

그림 따위에는 관심 없다는 듯 사내가 묻자 여자가 살짝 웃으며 대답했다. 여자 역시, 덥다 못해 점점 뜨거워지는 실내의 공기를 견딜 수 없었다.

그러자. 나가서 좀 걷자.

그래. 그러자.

사내는 호기롭게 일어서서 카운터로 걸어갔다. 맥주와 마른안줏값을 치르기 위해 지갑을 꺼내 들자 주인이 말했다.

맥주 두 병이니까 4000원, 마른안주 1500원이네.

사내는 주인이 계속 반말을 해 대는 것이 약간 불쾌했지만, 옛 손님을 알아보고 그러는 건데, 라고 생각하기로 했다.

맥주가 한 병에 2000원이라니. 이거 거의 10년 전 가격이네?

사내가 뒤에 서 있는 여자를 돌아보며 웃으며 말하자, 돈을 받아 헤아리던 갈라파고스의 외로운 조지가 퉁명스럽게 말했다.

무슨 헛소리야? 우리 집이 좀 비쌀 텐데?

주인의 말에 사내는 조금 불만스러운 표정을 지었지만, 특별히 대꾸할 마음은 들지 않았다. 주인의 긴 머리 뒤로 벽에 걸려 있는 낡은 달력이 눈에 들어왔다. 얇은 종이를 매일 하나씩 뜯어내야 하는, 지금은 아무도 쓰지 않는 일력이었다. 날짜는 오늘자로 되어 있었지만 그 위에는 작은 글씨로 십수 년 전의 연도가 쓰여 있었다. 낡고 낡은 달력이었다.

쯧쯧. 이래 가지고 무슨 장사를 하겠다고.

사내는 주인이 눈치채지 못하도록 엷은 비웃음을 흘려

주고는, 검은 셀로판지로 마감되어 있는 유리문을 열기 위해 손잡이를 잡았다.

앗 뜨거.

남자는 비명을 지르면서 황급히 손을 뗐다. 알루미늄 손잡이는 맨손으로 잡을 수 없을 정도로 뜨거웠다. 남자는 손바닥을 귀에 갖다 댔다.

그 순간이었다. 갈라파고스의 외로운 조지가 사내의 뒤를 따라 나가려던 여자의 손목을 낚아챈 것은.

낮고 굵은 목소리가 조지의 입에서 흘러나왔다.

그냥 가게? 한잔 더 하고 가지?

그것은 어딘지 음산한 느낌을 주는 목소리였다. 얼얼한 손바닥을 매만지던 사내는 조지와 여자를 돌아보았다. 외로운 조지의 시선이 여자의 눈에 꽂혀 있었다. 국방색 민소매 티셔츠를 입은 조지의 두터운 오른팔에서 근육이 꿈틀거렸다. 어깨에 새겨져 있는 문신이 함께 씰룩거렸다. 아까 그림에서 보았던 작은 악마의 이미지였다. 조지의 옆얼굴은 약간 창백하고 우수에 찬 듯 보이기도 했지만, 달리 보면 거칠고 험악한 것 같기도 했다. 게다가 생각보다 조지의 키가 대단히 크다는 것을, 사내는 그제야 깨달았다.

사내는 주인에게 손목을 잡힌 여자의 얼굴을 바라보았다. 뜻밖에도 여자는 미소를 짓고 있었다. 검은색 정장 상의가 여자의 오른팔에 걸린 채 대롱거렸다. 조지의 오른손이 얇은 실크 블라우스만 입고 있는 여자의 허리 쪽으로 옮겨 가더니 여자의 몸을 당겨 제 몸에 밀착시켰다. 여자의 얼굴을 보니 당황한 표정이 아니었다.

사내는 침착해야 한다고 생각했다. 얼굴에 뜨거운 기운이 빠르게 올라왔지만, 일단 상황을 파악해야 했다. 이런 경우 여자와 갈라파고스의 외로운 조지에게는 이미 자기가 모르는 관계가 성립되어 있는지도 모른다. 오늘 사내가 여자를 만난 것은 10여 년 만이다. 그간 두 사람 사이에 무슨 일이 있었는지는 알 수 없다. 여자와 조지 사이에 사내가 끼어들 명분은 없었다.

생각해 보면 스쿨버스 정류장에서 만나자마자 대뜸 카페 갈라파고스로 가자고 제의한 것도 여자였다. 사내의 머릿속으로 여러 생각들이 빠르게 지나갔다. 여자는 이 상황이 익숙해 보였다. 조지의 눈빛은 말 그대로 활활 타오르고 있었으며, 여자는 그 타오르는 눈빛을 황홀한 듯 마주 보고 있었다. 실내의 공기가 점점 더 뜨겁게 달구어지고 있었다.

이건, 좀, 너무한 거 아냐?

라고 사내가 생각한 것은 조지의 얼굴이 서서히 여자의 얼굴을 향해 다가갈 때였다. 여자는 외면하지 않았고 미소를 거두지도 않았다.

……이, 이봐, 나, 나가지 않겠어?

뜨거운 열기에 질식이라도 된 듯 서 있던 사내는 그제야 말을 뱉었다. 말을 뱉기는 했지만 매우 조심스러운 어조라고 할 만했다. 다행히 여자는 조지의 입술을 살짝 피하며 대답했다.

참, 나가야지.

여자는 뭔가에서 깨어난 듯한 표정을 짓더니 갈라파고스의 외로운 조지의 품에서 벗어났다. 사내는 조지의 안색을 살폈다. 여차하면 한마디 할 태세를 갖추었지만, 조지는 여자를 더 붙잡을 생각이 없는 것 같았다. 여자는 조지에게 가볍게 미소를 지어 보이더니, 잘 먹고 가요, 라고 말하며 손까지 흔들어 보였다.

사내는 여자의 손목을 잡고 갈라파고스의 검고 무거운 유리문을 밀고 나왔다. 유리문 손잡이는 손을 델 수조차 없이 뜨거웠다. 불쾌한 느낌이 배 속에서부터 서서히 올라오는 듯했지만, 일단은 이곳을 빠져나가는 게 좋을 것 같았다. 밧줄을 잡고 가파른 계단을 올라 지상으로 나갈 때, 계단 양쪽 벽면에 그려진 사람인지 악귀인지 모를 것들이 마구 달려드는 것처럼 느껴졌다. 사내는 거칠게 숨을 몰아쉬었다.

왜 그러는데?

여자가 뒤를 따라오며 힐난하듯 말했다.

*

　카페를 나오자마자 사내는 모범택시를 잡기 위해 손을 올렸다. 여자가 만류했다.

　대체 왜 그래? 그냥 집에 가게?

　들었던 손을 천천히 내려놓으며 사내는 여자 쪽으로 고개를 돌렸다. 여자의 표정을 보니 화가 난 것 같지는 않았다. 여자가 다시 입을 열었다.

　우리, 옛날처럼 좀 걷자. …… 어때?

　옛날…… 처럼?

　남자가 되묻자 여자는 고개를 끄덕였다.

　그것도 나쁘지 않겠다는 생각이 들었다. 사내는 갈라파고스에서의 불쾌한 마음을 누그러뜨린 채 여자와 나란히 걷기 시작했다. 외로운 조지에 대한 여자의 반응이 대체 어떤 종류의 것인지 묻고 싶었지만 아직은 때가 아닌 것 같았다.

　옛날처럼.

　사내는 속으로 여자의 표현을 반복했다. 옛날이라면, 갈라파고스에서 맥주 한잔을 하고 나온 후 천천히 산책을 하다가 들어가곤 하던 모란 여관을 의미하는 것이 틀림없었다.

　모란이라면…….

　그랬다. 여자와 사내에게는 추억에 젖을 만한 곳이었다.

사내 역시 그곳에 가 보고 싶었다. 갈라파고스처럼 옛 모습 그대로인 채로 사람을 불쾌하게 만들지만 않는다면 말이다. 갈라파고스. 조지. 타오르듯 뜨거운 그 더위라니. 주인의 얼굴을 한 대 쳤어야 하지 않을까 하는 생각이 뇌리에 떠올랐다. 아니, 최소한 항의 정도는 했어야 한다고 사내는 생각했다.

모퉁이를 조금 돌아 들어가자 모란이라고 쓰인 간판이 보였다. 모란 역시 예전 그 자리에 있었다. 하지만 갈라파고스와 달리 여러 번 리모델링을 한 듯 외관이 꽤 바뀌어 있었다. 그 시절의 이름은 모란장 여관이었지만 그들은 모란이나 모란 여관으로 줄여 불렀다. 모란장 여관보다는 모란이나 모란 여관이 로맨틱한 느낌을 주기 때문이었다.

모란 여관은 모텔 모란으로 바뀌어 있었다. 호텔이 아니라 모텔이긴 했지만 상관없다고 사내는 생각했고, 여자는 모란의 옛 느낌이 어떤 것이었는지 떠올렸다. 사내는 모란이 새 건물로 바뀌어 있어서 다행이라고 생각했고, 여자는 모란의 옛 모습이 사라져서 서운하다고 생각했다.

모란 203호실에 들어가면서, 그들은 별다른 거리낌이 없었다. 그들은 아직 30대 중반이었고, 옛 연인이었으며, 지금도 서로에게 호감을 갖고 있었다. 소형 냉장고에서 생수를 꺼내 마시면서, 사내는 오래전에 헤어질 때 들었던 여자의 마지막 말을 떠올렸다.

사내로서 자격 미달이야.

사내는 그게 자신의 발기 능력을 의미하는 것은 아니라고 생각했다. 하지만 생각을 하면 할수록 여자의 말은 자꾸 제 성기에 연결되었다. 치졸하군. 남자는 자신에 대해 그렇게 생각했지만, 여자의 말은 이후 사내의 전두엽에 깊이 각인되었다.

*

사내는 일을 치른 후에, 누운 채 눈을 감고 있는 여자에게 조심스럽게 물었다.

어땠어?

여자는 눈을 뜨고 사내를 흘낏 바라보았다. 왜 그런 진부한 질문을 하느냐는 힐난의 눈초리였다. 사내는 여자의 시선을 피해 천장을 바라보았다.

좋은데?

여자가 의외로 선선하게 대답했다. 긍정적인 대답을 듣자마자, 사내는 자신도 모르게 이렇게 되물었다.

사내…… 답지?

사내…… 라는 말이 튀어나왔을 때, 이 질문은 하지 않는 게 낫다는 생각이 스쳐 갔지만 이미 뱉은 말이었다. 여자는 무슨 소리냐는 듯 사내의 얼굴을 멀뚱히 쳐다보았다.

헤어질 때 했던 말을 기억하지 못하는 눈치였다. 사내는 민망한 느낌이 들어 침대 곁의 협탁에 놓여 있는 담뱃갑으로 손을 뻗었다.

여자는 이번에도 뜻밖에 선선히 대답했다.

……좋았어.

사내는 만족스러운 얼굴로 담배를 피워 물고 천장을 바라보았다. 약간의 여유가 생기자 사내는 조금 수다스러워졌다.

그나저나, 도천이 녀석 참……. 하필이면 지하철역에서 그러다니. 지하철에서 일하는 놈이 지하철에서 죽으면 산재 보상이라도 받나.

사내는 말이 지나쳤다는 생각이 들어 여자 쪽을 흘낏 바라보았다. 여자는 무표정했다. 천장으로 시선을 옮기며 여자가 말했다.

그러고 보니 요즘 이상하네. 도천이 말고, 지하철에서 자살한 친구가 또 있어. 걔도 며칠 전인데.

그래? 이런 것도 유행인 건가.

스크린도어인지 뭔지 설치하면 다 될 것처럼들 말하는데, 그게 스크린도어 문제가 아니야.

그래, 그렇지.

사내는 여자의 얘기를 듣는 둥 마는 둥 폐에 스며 들어온 담배 연기를 모아 길게 내뿜었다. 담배 연기가 천장의 낡은 샹들리에 쪽으로 퍼져 나갔다. 여자가 중얼거리듯 말을 이었다.

걔는…… 특별히 친한 건 아니었지만…… 뭐랄까, 좀 엉뚱하기도 하고, 좀 이상한 애였는데……. 자기가 몇 초 후의 소리들을 미리 듣는다나 어쨌다나.

몇 초 후?

응. 5초나 10초쯤 후의 소리래. 그때 벌써…… 애가 약간 이상하다고 생각했어. 하긴, 어딘지 족집게 같은 데가 있긴 했는데……. 내가 무슨 말을 하려고 하면 꼭 그 말을 가로채서 먼저 하드라니까.

그래? 자기가 하려는 말을 가로채서 먼저?

사내는 어느새 '자기'라는 오래전의 어휘를 사용하고 있었다.

글쎄, 뭐 꼭 가로챘다기보다는…… 걔 말이 내가 하려던 말인 것 같다는 거지……. 뭐 내가 입 밖으로 낸 건 아니니까 내 입에서 나올 말이 정말 그거였는지는 알 수 없지만.

흐흠.

사내는 자신도 의미를 잘 알 수 없는 작은 신음을 흘려보냈다.

5초 후나 10초 후의 소리가 들려온다면. 5초 후나 10초 후를 미리 알 수 있다면.

사내는 생각했다. 5초나 10초 후를 미리 알 수 있다면 참으로 많은 일을 할 수 있을 것 같았다.

프로야구 선수 하면 되겠네. 타율이 높겠어.

사내가 중얼거리자 여자는 피식 웃었다. 사내가 덧붙였다.

스트라이크인지 볼인지 먼저 알 거 아냐. 그럼 타율이 장난이 아니지. 참, 차라리 감독을 하는 게 낫겠구나. 다음 상황을 먼저 알고 작전을 하면······.

여자가 몸을 돌려 반듯이 누웠다. 나란히 천장을 바라보는 자세가 되자 여자가 물었다.

복권을 하면 안 되나?

안 되지. 5초나 10초로는.

즉석 복권도?

응? 즉석 복권? 그건······ 괜찮겠는데?

남자는 잠시 생각한 후에 덧붙였다.

근데 조금 후의······ 소리를 듣는 거라며? 숫자도 보이나?

그러네······. 하지만 뭐, 꼭 소리만 들었겠어? 그 정도면 벌써 완전히 맛이 간 세상에서 사는 걸 텐데.

여자가 대답했다. 모란에서의 밤이 깊어 가고 있었다.

*

여자와 사내는 모텔의 강화유리 문을 밀고 나왔다. 골

목 쪽으로 난 뒷문이었다. 모란을 나와 편의점에서 요구르트와 우유를 나누어 마신 후 두 사람은 지하철 역사를 향해 걸었다. 6시 20분 무렵이었다. 아침이었고, 토요일이었으며, 어딘지 나른한 분위기라고 할 만했다.

사내는 택시를 타고 싶었지만 여자는 갈라파고스를 생각하라고 말했다. 사내가 의아한 표정으로 바라보자 여자가 설명했다.

그 시절 말이야. 갈라파고스 시절에 우리가 가던 새벽의 지하철역, 느낌이 묘하지 않았어?

여자는 뭔가 꿈꾸는 듯한 표정을 지으면서 하늘을 바라보았다. 사내는 그런 느낌에 대해서는 전혀 기억할 수 없었지만, 여자의 꿈꾸는 듯한 표정을 망칠 수는 없었다. 사내는 자신이 매우 너그러워져 있다는 것을 깨달았다.

사내는 토요일 아침의 하늘을 바라보며 심호흡을 했다. 도심의 새벽 공기가 폐로 들어가 사내의 내장을 한 바퀴 돈 후 천천히 빠져나갔다. 그들은 모란에서 가까운 지하철 역사로 나란히 걸어갔다.

지하철역이 가까워 오자 사내는 문득 갈라파고스의 외로운 조지가 다시 떠올랐다. 갈라파고스의 외로운 조지에 대해서는 여전히 불쾌한 느낌이 남아 있었다. 아무리 오래전이라고 해도 갈라파고스 시절의 단골이 아닌가. 그런데 조지가 그렇게 행동할 수 있는가. 게다가 여자는 무슨 생각으로 항의도 하지 않았는가.

생각이 길어지자 몸속에서 뜨거운 기운이 다시 올라왔다. 사내의 눈이 조금 일그러지면서 힘이 들어갔다. 약간 망설이다가, 결국 사내는 여자에게 단도직입적으로 물었다.

근데…… 갈라파고스의 조지하고는 무슨 관계야?

다만 궁금해서 물어본다는 투였지만 목소리에 딱딱한 기운이 배어 있었다. 여자가 무슨 말이냐는 듯 사내를 돌아보았다.

조지가 붙잡으니까, 좋아하든데?

사내는 최대한 놀리듯이 물었지만, 여자는 코웃음으로 화답했다.

좋아하긴 뭘 좋아해. 그냥 오랜만이니까 한잔 더 할까 한 거지.

여자는 별생각을 다 한다는 듯 심드렁하게 말을 받았다. 사내는 여자의 대답이 불충분하다고 생각했다. 조지에 대한 불쾌감이 갈라파고스의 뜨거운 열기와 함께 여자에게 옮겨 붙기 시작했다. 10여 년이 지났는데도 똑같은 그 우중충한 인테리어에, 똑같은 속도로 돌아가는 선풍기에, 똑같은 목재 탁자에, 밧줄을 잡고 내려가야 하는 지하에서, 여전히 똑같은 자세로 하모니카를 불고 있는 갈라파고스의 조지라니. 게다가, 그 끔찍한 더위라니. 그런 조지가 손목을 잡아끌었는데 무심하게 안기다니.

사내는 옆에서 걸어가는 여자를 힐끗 쳐다보았다. 노려 본다고 해도 좋을 정도의 시선이었다.

조우

7월 26일 토요일 새벽

준비하시고오…… 쏘세요. 준비하시고오…… 쏘세요.

늙은 남자는 같은 말을 주문처럼 중얼거리며 지하철 계단을 내려갔다. 남자의 머릿속에 갈색에 털이 없는 짐승 하나가 자꾸 떠올랐다.

그것은, 개였다. 작고 메마른 개였다. 미간이 넓었다. 커다란 눈망울에 맑은 빛이 떠돌고 있었다. 절로 손을 뻗어 쓰다듬게 될 만큼 사랑스러운 느낌이 들었다. 남자는 오른손으로 계단의 알루미늄 난간을 짚은 채로 왼팔을 앞으로 뻗었다. 개의 눈망울이 흔들렸다. 마주 보고 올라오던 젊은 여자가 남자를 피해 계단을 돌아 올라갔다. 개의 얼굴이 허공에 흩어졌다.

여보, 안 돼. 안 돼.

뜻 모를 말이 입에서 흘러나왔다. 남자는 고개를 흔들면서 다시 중얼거렸다.

준비하시고오…… 쏘세요. 준비하시고…… 쏘세요. 준비하시고…….

목소리에서 서서히 힘이 빠져나갔다. 남자의 머릿속으로 무슨 말인지 알 수 없는 연판장의 글자들이 정신없이 지나갔다. 그리고 다시 갈색에 털이 없는 개의 커다랗고 검은 눈이 빙빙 돌면서 다가왔다.

늙은 남자는 개찰구를 향해 걸어갔다. 맨 오른쪽 바를 힘겹게 밀고 역사 안으로 들어갔다. 직원용 출입구이긴 했지만 역사 직원들은 표 없이 들어가는 남자를 막지 않았다. 흰 와이셔츠를 입은 직원 둘이 매표실 안에 앉아 주고받는 말을, 남자는 듣지 못했다.

저 노인네, 몸도 성치 않은 양반이 이런 이른 시간에 복권을 팔겠다니. 쯧쯧. 저거, 저거, 곧 쓰러지기라도 할 거 같은데?

제가 가서 말 좀 붙여 볼까요?

내버려 둬. 토요일이니 복권이 많이 팔리나 보지. 누가 알아? 1등 나올지.

＊

　같은 시간에, 모란 여관을 나온 사내와 여자는 반대편 개찰구를 통과해서 나란히 계단을 내려오고 있었다.

　토요일 새벽의 지하철이라니. 새벽 지하철의 묘한 느낌이라니. 아직도 그런 감상이 남아 있나.

　사내의 불만은 서서히 커져가고 있었다. 사내의 표정 같은 것은 안중에 없다는 듯, 여자가 조심스럽게 계단을 짚어 내려가면서 나른한 목소리로 물었다.

　갈라파고스와 모란, 좋았지?

　또 갈라파고스 얘기였다. 사내는 대답하지 않았다. 사내는 여자의 심중에 있는 것이 결국 자신이 아니라 갈라파고스의 조지일지도 모른다는 데 생각이 미쳤다. 갈라파고스의 조지가 보여 준 불순한 언행에 대해서 여자는 한마디도 불만을 표명하지 않았다.

　그 자식, 한 방 날려 줬어야 했는데.

　들으라는 듯 사내가 다소 큰 목소리로 중얼거리자, 여자가 불만스러운 표정으로 사내를 바라보았다.

　아직도 그 생각이야?

　사내와 여자는 말없이 계단을 내려와 나란히 승강장을 걸어갔다. 사내는 무언가가 안에서 부글부글 끓어오르는 느낌에 시달렸지만 뭘 어떻게 해야 할지 알 수 없었다. 또

각또각 하이힐 소리를 내며 걷던 여자가 복권 판매소를 바라보며 중얼거렸다.

……즉석 복권이라도 한 번 사 볼까?

*

복권 판매소를 향해 걸어가던 늙은 남자는 아직도 개의 시선에서 벗어나지 못하고 있었다.

여보, 개가…… 개에게서 흘러나오네. 개에게서 흘러나온 개가 나를 보고 있어. 여보. 개가 참 귀엽지.

남자의 얼굴은 일그러져 있었다. 다리에는 힘이라고 할 만한 것이 남아 있지 않았다. 나흘째 잠을 이루지 못한 남자의 뇌세포는 금방이라도 끊어질 듯 팽팽했으며, 공복의 배 속에서 부글부글 끓는 소리가 흘러나왔다. 남자는 승강장 가운데쯤 있는 복권 판매 부스를 향해 휘적휘적 걸음을 옮겼다. 남자의 시선 끝에서 복권 판매 부스가 조금씩 흔들리고 있었다.

*

그 순간 여자와 나란히 걷던 사내는 맞은편에서 걸어오는 늙은 남자를 발견했다. 중심을 잡지 못하고 비틀거리는 게 위태로워 보였다.

아아, 저 노인네는 또 뭐야.

사내는 여자에게 들리지 않을 정도로만 입속으로 뇌까렸다. 맞은편에서 뭔가 중얼거리며 다가오고 있는 늙은 남자의 팔소매가 텅 빈 채 흔들리고 있었다. 팔 한쪽이 없었다. 그것이 사내에게 갈라파고스의 조지를 연상시켰다. 갈라파고스의 조지가 떠오르는 순간, 불쾌한 느낌이 한꺼번에 사내에게 몰려들었다. 사내의 피가, 천천히, 거꾸로 솟았다.

*

늙은 남자는 힘겹게 걸음을 옮겼다. 늙은 남자의 입에서 끊임없이 말들이 새어 나왔다.

준비하시고오…… 쏘세요. 준비하시고오…… 쏘세요. 준비하시고오…… 여보, 어디 갔어? 응? 저 개, 저 개를 좀 봐. 개에게서 개가 흘러나와.

늙은 남자는 머리를 흔들며 휘적휘적 발걸음을 옮겼다.

*

사내는 팔이 하나 없는 늙은 남자를 노려보며 걸었다.

늙은 남자는 사내와 여자 쪽으로 느리게 다가갔다. 그들은
몇 초 후 스쳐 갈 것으로 보였다.

*

그리고 그들 사이의 어중간한 곳에, 한 청년이 서 있었다.

애견과 함께 조깅을

7월 26일 토요일 새벽

모텔 모란에서 나와 지하철 역사로 들어온 한 사내와 한 여자가 있었고, 그들의 맞은편에서 힘겹게 발걸음을 옮기고 있는 늙은 남자가 있었다.

　그리고 그들 사이의 어중간한 곳에 서서, 나는 한가로운 표정으로 열차를 기다리고 있었다. 트레이닝복을 입고 작은 개를 안은 채였다.

　화가 난 사내는 맞은편에서 걸어오는 늙은 남자를 노려보았고, 사내 옆의 여자는 지난밤의 느낌이 참 오랜만이라고 생각하고 있었다. 맞은편에서 걸어오는 늙은 남자의 눈에는 갈색에 털이 없는 작은 짐승이 어른거렸다.

　그들 사이의 나는 아무도 신경 쓰지 않는 평범하고 일상적인 위치에 평범하고 일상적인 자세로 서 있었다. 내가 그들의 눈에 뜨일 리 없었지만, 그들 사이의 한곳에 내가 일정한 공간을 차지하고 있었던 것은 틀림없다. 나는 암갈색의 작은 비글을 품에 안은 채, 약간은 나른한 자세로, 곧 열차가 들어올 어두운 터널 쪽에 시선을 두고 있었다.

*

나는 어째서 7시도 되지 않은 토요일 아침에 그런 자세로 지하철 역사에 서 있었던 것일까?

내 말이 그 말이다. 그건 내 루틴과는 거리가 먼 행태였으니까.

내 루틴은 확실히, 토요일 아침 6시 35분의 지하철 승강장 같은 곳과는 관계가 없었다. 그것은 마치 이 글을 읽고 있는 당신의 삶이 지중해의 파라솔을 흔드는 바람의 각도와 무관하고, 대통령 수행 비서의 옆구리에 꽂혀 있는 검은색 권총과 아무런 관련이 없는 것과 비슷하다. 말하자면 그렇다는 것이다.

그런 나의 삶이, 토요일 아침 6시 35분의 지하철 승강장 같은 곳에 문득 위치하게 된 것이다. 그것은 당신이 문득 지중해의 파라솔을 지나가는 바람의 각도를 느낀다거나, 대통령 수행 비서의 옆구리에 꽂혀 있던 검은색 권총을 마주하게 되는 것과 비슷한 일이다. 적어도 나에게는 그렇다는 말이다.

하지만 다시 생각해 보면, 그런 것들이 정말 우리의 삶과 무관한 것일까? 토요일 아침 7시의 지하철 승강장이나 지중해의 파라솔을 흔드는 바람이나 대통령 수행 비서의 권총 같은 것들이, 갑자기 우리의 삶으로 침입해 들어오는 순간이 있지 않은가?

내가 조깅을 하기로 마음먹고 집을 나온 것은 새벽 6시경이었다. 대학을 졸업하고 군대를 다녀온 후에도 취직을 하지 못한 것은 물론 내 게으른 천성 때문이었다. 나처럼 졸업을 한 뒤에 군대에 가는 어리석은 자들이 내 주위에는 없었다.

나는 ROTC도 아니었고 의대생이나 법대생도 아니었다. 특별한 이유가 없었는데도, 나는 더 이상 재학증명서를 뗄수 없을 때까지 학교에 붙어 있다가 입대라는 것을 하게 되었다. 장래가 불투명한 문과생 아들에게 별다른 경쟁력이 없다는 것을 잘 알고 있던 모친은, 군대라도 빨리 다녀올 것을 채근했다. 내가 엄마 입장이라고 해도 그랬을 테니 당연한 일이었다. 하지만 그럴 때마다 나는, 내 인생은 내것이지 엄마 것이 아니다, 라는 일리 있는 논리로 대항하곤 했다. 하지만 돌아오는 답변은 한결 같았다.

저런 저 옘병할 놈.

이라는 것이 모친의 반응이었지만, 하도 반복된 대사들

이라 서로에게 별다른 충격을 주지는 못했다.

졸업 후에 입대를 한 것이 내 의지가 아니었던 것처럼, 군대 생활도 해 볼 만하네, 아예 짱박아 볼까 하는 생각을 하자마자 제대를 하게 된 것 역시 내 의지는 아니었다. 문학이라는 것은 하품을 유발하기 위해 존재하는 것이라고 단정 짓고 있었으며, 그렇다고 직장을 잡을 만한 경쟁력을 기르는 데는 더더욱 관심이 없던 나는, 제대 이후의 계획 같은 것 역시 백지상태나 다름이 없었다.

제대 이후 몇 차례 실속 없는 술자리를 가진 것 외에 내가 한 일은 없었다. 만나자마자 전에 없이 명함 따위를 건네는 친구 녀석들에게 배알이라도 꼴렸으면 좋으련만, 내 비위는 지나치게 둔했고 내 마음은 평상심을 유지하는 데 뛰어난 능력을 발휘했다. 집으로 배달되는 신문 두 종에 1년간 공짜로 제공한다는 주간지까지 받아 보고 나면 자연스럽게 오후가 되었다. 군대에 다녀온 사이에 다양해진 케이블티브이의 채널을 돌리다 보면 저녁이 되었다. 그다음에는 공중파 방송들이 기다리고 있었다. 남들이 뭐라 하건 내 인생은 다채로웠다. 그렇다고 생각한다.

그렇게 100일을 채우자, 나는 많은 사람들이 그러하듯 뭔가 중차대한 결심이 필요하다고 생각하게 되었다. 계기라고 할 만한 특별한 사건 같은 게 있었던 것은 아니다. 인생의 전환점이라든가 내 인생의 책이라든가 혹은 인생을 바꾸어 준 영화 같은 게 내게는 없었다. 흔해 빠진 연애라든가 실연조차 해 본 적이 없으니 당연한 것인지도 모른다. 초등학교와 중학교와 고등학교를 별다른 말썽 없이 차례로 마친 후, 그럭저럭 서울 소재 대학에 적을 두게 되었고 어느덧 영장이 나와 군대를 다녀온 것, 그것이 내 인생의 전부였다.

물론 제대 후 100일이 지난 날, 정확하게는 어제 저녁, 자못 중차대한 결심을 하게 된 계기가 아주 없었던 것은 아니다. 내 입장에서는 그렇다는 말이다.

사태는 집에서 키우는 작은 강아지 비글에게서 비롯되었다.

어제 저녁, 나는 텔레비전 앞에 누워 있는 내 자세가 내 곁에 모로 누워 있는 나의 게으른 애견 비글을 닮았다는 것을 문득 깨달았다. 눈이 크고 미간이 넓은 데다 콧구멍은 넓고 전체적으로 암갈색빛을 띠었기 때문에, 애견 비글은 몸피가 작은데도 그리 귀엽다는 느낌을 주지는 않았다. 집구석에 누워 있는 것이 제 천분인 줄로 착각하고 있어서인지, 게으름이라면 둘째가라면 서러운 내게도 녀석은 놀라울 정도였다. 그는 자신이 저 고대의 켈트족들과 함께 평원을 누비던 하운드견의 후예라는 사실을 전혀 상상하지 못하는 것 같았다. 날렵하고 우아한 자세로 목표물을 좇아 질주하는 사냥개의 유전자는, 내 곁에 누워 있는 비글에게서는 완전히 실종된 것이 틀림없었다.

비글종은 활동적이라던데, 비글이는 왜 저러지.

모친은 그렇게 중얼거리곤 했다. 이름 만들기도 귀찮아하는 게으른 주인이 붙인 이름이 '비글'이었으니, 어쩌면 주인을 닮은 것인지도 몰랐다.

예외가 있다면 내가 부는 휘파람 소리를 들을 때 정도였지만, 그마저도 제 주인이 별다른 의미 없이 불어 댄다는 걸 몇 번 확인하고는 심드렁해져 버린 뒤였다. 나는 비글에게서 눈을 떼어 텔레비전 시트콤으로 시선을 옮기며 느리게 중얼거렸다.

내일부터는…… 도서관에라도 나가야지.

이것이 어제 저녁에 내가 한 결심의 전부였다. 비글의 지나치게 느긋한 자세에서 자극받은 것인지도 몰랐다. 부엌에서 설거지를 하던 모친이 나의 결심에 도움을 주었다는 것은 말할 나위가 없었다. 모친은 설거지를 하면서도 밥상머리의 잔소리를 이어 가고 있었다. 모친의 잔소리에는 언제나 천부적인 리듬이 깃들어 있었다.

앞날이 창창한 놈이 주구장창 신문에 텔레비전만 끼고 앉아 있으면 밥이 나오냐 떡이 나오냐.

는 것이 주된 대사였다. 나는 모친의 익숙한 잔소리와 비글의 지나치게 게으른 자세가, 갑자기, 약간 지겹다고 생각했다.

내일부터는 도서관에라도 나가야지,

라는 나의 중얼거림은 뜻밖에 부엌까지 흘러 들어갔고, 모친은 빨간 고무장갑을 낀 채로 장단을 맞춰 주었다.

얼씨구, 웬일. 도서관도 좋은데, 가기 전에 이리 와서 설거지부터 해.

모친의 말 때문이었을까, 비글에 대한 느낌 때문이었을까. 아니면 내 머릿속에서 발생한 희미한 두통 때문이었을까. 나는 게으른 자세를 버리고 일어나 소파에 똑바로 앉았다. 지금 생각해 보면, 그것은 기이하다면 기이한 순간이었다.

나는 정좌를 한 채 모친과의 대화를 이어 갔다. 대화가 상당히 진지했기 때문에, 애견 비글 역시 무슨 일인가 하여 고개를 조금 돌려 볼 정도였다. 그리하여 나의 결심에는 몇 가지 세부 사항이 추가되었다. 나는 식사 후 설거지를 도맡기로 했으며, 매주 지하철 근처 1등 로또방에서 복권 사는 짓을 그만두기로 했고, 무엇보다도 아침마다 조깅을 하기로 한 것이다. 조깅으로 건강한 신체를 확보한 후 정상적인 시간에 도서관에 가는 것, 이것이 모친과 합의한 새로운 루틴이었다. 내가 사뭇 결연한 목소리로 나의 결심을 공표하는 것과 동시에, 흰 줄과 노란 줄이 물결무늬를 이루고 있는 검은색 트레이닝복이 내 앞에 툭 떨어졌다. 어느새 모친이 장롱 서랍에 처박혀 있던 운동복을 꺼내 온 것이었다. 나는 비글을 바라보며 휘익 휘파람을 불었다. 모로 누워 있던 비글이 놀란 듯 고개를 돌리더니, 제가 들은 것이 휘파람 소리라는 걸 깨닫고는 다시 고개를 파묻었다.

*

오늘은 이 모든 결심을 이행하는 첫날이었다. 나는 운동복을 꿰어 입고 현관을 나섰다. 게으른 견공도 운동 좀 시키라는 모친의 주문에 따라 나는 마루 구석의 플라스틱 펫하우스를 향해 힘차게 휘파람을 불었다. 휘파람 소리가 이상하게 높은 옥타브로 울리자, 제 집에서 튀어나온 비글이 꼬리를 흔들고 재재거리며 내 주위를 돌기 시작했다. 어쩐지 평소와는 다른 반응이었다.

나는 매연에 찌든 도심을 달렸다. 비글의 목줄을 쥐고 시내를 달리는 일은 생각보다 상쾌하지 않았다. 비글은 나를 앞서거니 뒤서거니 하며 달리다가 내 다리 사이에 끼이기까지 했다. 폴리우레탄이 멋지게 깔린 조깅 코스를 개와 함께 달리는 평화로운 풍경을 연상한 게 탈이었다. CF 따위는 믿을 게 못 된다. 다시는 비글을 데리고 이 거친 아스팔트 바닥에서 조깅을 하지는 않으리라고 나는 결심했다.

하지만 결심과는 달리 첫날인데도 꽤 많이 달린 셈이었

다. 아니, 첫날이었기 때문인지도 모른다. 또는 어느 순간 부터 내내 앞장서서 달린 비글 탓인지도.

제대 후 운동이라고는 해 보지 않은 다리 근육이 무리를 호소해 왔다. 특히 새벽 공기는 매연으로 찌들어 있어서 폐에 좋지 않다는 상식도 떠올랐다. 러닝머신을 사 주든가 헬스클럽을 보내 주든가, 둘 중 하나를 택하도록 모친을 설득해야겠다고 나는 생각했다. 최신식 러닝머신들은 아파트용으로 제작되기 때문에, 곧 무너질 것 같은 우리 다세대 주택의 아랫집에도 그리 큰 영향을 주지는 않을 것이라고 알뜰한 설명도 덧붙여야 할 것이다. 물론,

저런 저 염병할 놈.

이라는 비난이 즉시 돌아오겠지만, 매연과 분진 등 유해 물질들이 도시의 새벽 공기에 얼마나 많이 포함되어 있는지를 설명하면 혹시 효과가 있을지도 모른다. 가능한 한 시시콜콜할 필요가 있는 것이다.

*

경찰서 앞까지 왔을 때, 나는 손을 무릎에 대고 숨을 몰아쉬었다. 비글은 이제 시작이라는 듯 내 주위를 빙글빙글 돌았다. 자신이 켈트족들과 함께 평원을 누비던 하운드견의 후예라는 사실을 갑자기 깨닫기라도 한 듯했다.

나는 비글을 무시하고 경찰서 옆의 작은 공원 벤치에 자리를 잡고 앉았다. 여전히 이른 시간이었다. 잠이 짧은 노인들 몇몇이 벤치에 앉아 공원을 바라보고 있었다.

네댓 살쯤 되어 보이는 여자아이가 다가온 것은 그때였다. 아니, 여자아이는 처음부터 그곳에 서 있었던 것 같기도 했다. 머리카락을 양쪽으로 갈래 지어 짧게 묶고, 노란 치마에 흰 타이즈를 입고 있었다. 아이는 나를 바라보는 것 같았지만, 자세히 보니 아무것도 보고 있지 않은 것 같기도 했다. 아이의 시선은 나를 통과해서 내 등 뒤의 먼 곳을 향하고 있는 듯도 했다.

아이는 약 3미터 정도 떨어진 곳에 서서 내 쪽에 시선을 두고 있었다. 표정은 미세하게 웃고 있는 듯 보였지만 그것을 웃음이라고 단정하기는 어려웠다. 다시 보면 웃음이라기보다는 울음에 가까운 표정이라고도 할 수 있었다.

애, 뭐지?

나는 중얼거렸다. 가만히 아이의 눈을 마주 보던 나는 묘한 느낌에 사로잡혔다. 아이는 거기 서 있다고도 말할 수 있고 거기 서 있지 않다고도 말할 수 있었다. 무슨 소리냐고? 글쎄. 나도 모르겠다. 약간은 허공에 붕 떠 있는 것 같달까, 어딘지 흐릿하고 투명한 존재인 듯하달까, 그런 느낌이었다. 생각날 듯 생각날 듯 끝내 생각나지 않는 단어처럼. 기억 속에는 있지만 아무리 떠올리려 해도 떠오르지 않는 얼굴처럼. 매일 보는 풍경인데 갑자기 어색하고 이상하게 느껴지는 거리 풍경처럼.

아이는 나와는 조금 각도가 빗나간 곳에 존재하는 듯했다. 나는 곧 이 이상한 느낌의 이유를 깨달았다. 아이가 발끝을 든 채 까치발로 서 있었던 것이다. 게다가 양손을 제 몸에 착 붙이고 있었다. 묘한 자세였다. 현실적인데 비현실적이랄까. 하여간 나는 아이의 자세와 아이의 시선이 부담스럽다고 생각했다.

주위를 둘러보았지만 아이의 보호자는 보이지 않았다. 아직 문을 열지 않은 상점들과 지하철역 입구가 시야에 들어왔을 뿐이다. 아이 주위로 비둘기들이 모여들었다. 아이 앞의 살찐 비둘기 몇 마리가 문득 하늘로 날아오르자, 내 발목에 목덜미를 비비고 있던 비글이 고개를 들고 짖어 댔다. 나는 비글의 목줄을 다잡은 후 다시 주위를 곰곰 둘러보았다. 겨우 30분 남짓을 뛰었을 뿐이지만, 확실히 생각보다 멀리 온 것이 틀림없었다.

비둘기들이 날아오르면서 일으킨 먼지가 코로 들어왔다. 기침이 나왔다. 살찐 비둘기들과 자동차들과 매연으로 가득한 도시의 아침에 개와 함께 조깅을 한다는 것이 얼마나 바보 같은 짓인지를, 나는 다시 한번 깨달았다. 게다가 아침에는 이렇게 비현실적인 여자아이까지 만나게 되지 않는가. 까치발로 서서 미동도 하지 않는, 양손을 제 몸에 착

붙이고 서 있는.

나는 벤치에서 일어나 지하철역을 향해 걷기 시작했다. 뒤에서 누군가 바라보고 있다는 생각이 들어 문득 뒤돌아보았는데, 아이는 이미 사라지고 없었다. 두리번거리며 주위를 둘러보았지만 아이는 눈에 뜨이지 않았다. 어쩐지 피곤하다는 느낌이 들었다. 돌아갈 때는 지하철을 타야겠다. 나는 생각했다. 지하철을 타고 두 정거장만 돌아가면 집이었다.

나는 지하철역 계단을 내려가 개찰구로 향했다. 켈트족의 용맹한 수렵견 비글은 내 품에서 다시 게으른 애견 비글로 돌아가 있었다.

전말

7월 26일 토요일

오전 6시 34분

한쪽 팔이 없는 늙은 남자와, 그를 노려보며 마주 오던 30대 사내의 사이에, 내가 서 있었다. 나는 트레이닝복 차림으로 나의 작은 개 비글을 안고 있었다. 늙은 남자는 나의 왼편에서 휘적휘적 걸어오고 있었다. 맞은편에서는 허우대가 좋은 30대 사내 하나가 하이힐을 신은 정장 차림의 여자와 함께 나란히 걸어오고 있었다. 나는 물론 그들을 전혀 의식하지 않았다. 지하철역이란 그런 곳이니까. 불특정 다수의 사람들이 불특정 다수의 목적지로 불특정 다수의 각도로 움직이는 곳.

늙은 남자의 흐릿한 시선 끝에서 복권 판매 부스가 희미하게 흔들렸다. 맞은편에서 걸어오는 사내의 시선 끝에서 늙은 남자의 텅 빈 소매가 흔들렸다. 그렇다는 것을 나야 알 턱이 없었다. 바로 그 자리에, 이틀 전에는 한 남자가, 그리고 나흘 전에는 한 여자가, 똑같은 자세로 단정하게 서 있었다는 사실도, 나는 전혀 알지 못했다.

열차가 진입한다는 알람 신호가 역사 안에 길게 울려 퍼졌다. 구내 스피커에서 안내 멘트가 흘러나왔다.

지금 열차가 도착할 예정이오니, 승객 여러분께서는 한 걸음 물러서 주시기 바랍니다.

터널 저편에서 열차의 전조등이 보였다. 굉음이 서서히 다가오고 있었다. 그 순간, 내 품에 얌전히 안겨 있던 작은 개 비글이, 열차의 굉음에 놀라, 내 어깨 너머로 갑작스럽게 고개를 내밀었다. 개의 입장에서는 낯선 풍경이 어깨 너머에 펼쳐져 있었다. 개의 동공이 빠르게 확대되었다. 개의 확대된 동공이, 내 왼쪽에서 휘적휘적 걸어오던 늙은 남자의 동공과 마주쳤다. 미간이 제법 넓은 데다 한껏 커진 개의 눈은 검은색으로 가득했다. 남자의 눈은 금방이라도 터져 버릴 듯 붉게 충혈되어 있었다. 두 개의 눈이 부딪히는 순간, 지하의 공기가 격렬하게 파동을 일으켰다.

으헉!

늙은 남자는 경악과 함께 낮고 짧은 비명을 내질렀다. 그 것은 바로 그 개의 눈빛이었다. 새벽 재개발 아파트의 아스팔트 바닥으로 추락한 뒤에 자신의 몸에서 빠져나와 남자를 바라보던 바로 그 개의 눈빛이었다. 개에게서 흘러나온 개가 도로에 서서 그를 바라보았을 때의 그 눈빛이었다. 맑고 검은 그 눈빛이 늙은 남자의 영혼을 습격했다. 늙은 남자의 충혈된 망막은 순간적으로 개의 검고 깊은 눈빛으로 가득 찼다.

늙은 남자는 청년의 어깨 너머로 고개를 내민 개의 시선에 놀라 황급히 방향을 틀었다. 늙은 남자의 다리에는 이 갑작스러운 변화를 감당해 낼 만큼의 힘이 남아 있지 않았다. 늙은 남자는 몸의 균형을 잃었다. 균형을 잃은 남자는 맞은편에서 걸어오던 검은 정장 차림의 여자를 향해 쓰러졌다.

새벽 지하철 역사의 황량한 분위기에 젖어 있던 여자는 하이힐이 조금 높아서 불편하다고 생각하는 중이었다. 맞은편에서 걸어오던 늙은 남자의 몸이 균형을 잃고 여자를 덮쳤다. 늙은 남자의 오른쪽 손이 화급히 여자의 몸을 붙잡았다. 거의 동시에, 여자의 곁에서 나란히 걷고 있던 사내의 몸에 쌓여 있던 분노가 폭발했다. 늙은 남자를 노려보며 걸어오던 30대의 사내는, 갑자기 여자 쪽으로 쓰러지는 늙은 남자를, 단말마의 괴성과 함께, 힘껏 떠밀었다.

그러므로 늙은 남자의 몸은, 이 예기치 않은 힘에 밀려, 다시 반대편으로 넘어졌다. 늙은 남자는 균형을 잡기 위해 왼팔을 크게 휘둘렀지만, 그의 왼쪽 어깨는 텅 비어 있었다. 불현듯 그는 자신에게 왼쪽 팔이 없다는 사실을 깨달았으며, 이제 자신의 몸이 균형을 회복할 수 없다는 사실을 인지했다.

늙은 남자의 다리는 허약해질 대로 허약해져 있었다. 남자의 다리는 나흘 동안의 불면과, 냉장고 속의 여자와, 오랜 공복으로 뒤범벅되어 있었다. 늙은 남자의 다리는 무력했다. 늙은 남자의 몸은 사내가 가한 힘보다 훨씬 격렬하게 반응하여, 반대 방향으로, 무너졌다.

그때 열차는 터널을 빠져나와 달려오고 있었다.

늙은 남자의 몸이 균형을 잃고 무너진 곳에, 개를 안고 있는 내 등이 있었다. 방금 등 뒤에서 무슨 소리가 들린 듯도 했지만, 나는 다가오는 열차에서 시선을 돌려 뒤를 돌아볼 생각은 하지 않았다. 나는 그저 피곤하다는 생각을 하고 있었을 뿐이다.

무너져 내린 늙은 남자의 몸이, 내 등에 강력하게 부딪혔다. 트레이닝복을 입고 개를 안은 채 다소곳이 안전선 위에 서 있던 나는, 내 몸이 모종의 충격에 의해 균형을 잃었다는 것을 깨달았다. 허공에 붕 떠 버린 몸이 낯설게 느껴졌다.

그 순간 거대하고 육중한 열차가, 자신의 지극한 중량을 과시하며 나를 향해 달려왔다. 내 품에 안겨 있던 비글 역시 내 품을 떠나 허공으로 떠올랐다.

허공에 뜬 나는, 다가오는 열차의 운전실에 앉아 있는

기관사의 얼굴을 보았다고 생각했다. 마음씨가 여려서, 부활절 날 교회에 나가지 않으면 어쩐지 마음이 불편해서 견디지 못할 듯한, 그런 얼굴이었다. 기관사의 동공이 순간적으로 확장되는 모습을, 안전선 위에 서 있다가 갑자기 허공에 붕 떠 버린 나는, 물끄러미 바라보고 있었다. 길고 긴 시간이 지나가고 있다고 생각했던 것 같다.

*

열차는 급제동을 걸었다. 거친 쇳소리가 역사 안에 길게 울려 퍼졌다. 늙은 남자는 나에게 부딪혀 쓰러지긴 했지만 진입로로 떨어지지는 않았다. 자칫하면 남자 역시 열차에 머리를 부딪힐 수도 있었는데, 맥이 풀린 다리가 그를 지탱하지 못한 게 오히려 도움이 된 것 같았다. 늙은 남자는 제 머리털을 휙 훑으며 지나가는 바람을 느꼈다. 남자는 쓰러진 채로, 천천히 고개를 들었다. 열차의 은빛 알루미늄 차체가 쇳소리를 내며 정지했다.

갈라파고스의 조지에 대한 적의로 끓어오르던 30대 사내는, 눈앞에서 일어난 사태를 즉시 이해하지 못했다. 앞서 걷던 여자는 사건을 직접 보지 못했지만 직감적으로 상황을 인지한 듯, 사내의 팔을 잡고 재빨리 뒤로 돌아섰다. 여자는 순간적으로 멍한 표정을 짓고 있는 사내의 팔을 힘껏 잡아끌었다. 두 사람은 빠른 속도로 걷기 시작했다.

어머, 방금 뭐가 어떻게 된 거야.

여자는 빠른 어조로 중얼거리면서 걸었고, 사내는 여전
히 여자에게 팔을 잡힌 채 뛰다시피 출구 쪽 계단으로 향
했다. 몇몇 사람들이 지른 비명이 승강장의 끝까지 몰려갔
다가 돌아와서, 여자와 사내의 귀로 흘러 들어왔다. 여자
와 사내는 사람들과 어깨를 부딪치며 계단을 올라갔다.

팔이 하나 없는 남자는 제 머리맡을 지나가 버린 거대한
쇳덩이를 물끄러미 바라보았다. 남자는 왼손을 앞으로 뻗
어 한껏 내젓다가 중얼거렸다.

준비하시고오…… 쏘세요. 준비하시고오…… 쏘세요. 준
비하시고오…….

겨우 몸을 일으킨 늙은 남자는 복권 판매소를 향해 휘
적휘적 걸음을 옮기기 시작했다. 남자는 지금 무슨 일이
일어난 것인지 이해할 수 없다고 생각했다. 무언가에 부딪
힌 것 같기도 했지만, 그게 무엇인지는 알 수 없었다. 남자
는 개의 눈을 보았다는 것을 생각해 냈다. 갈색에 털이 없
는 개의 커다란 눈이 다시 남자를 향해 다가왔다. 그 눈은
곧 냉장고 속에 웅크리고 앉아 있는 여자의 눈으로 변했
다. 그것이 사랑하는 아내의 눈이라는 것을 늙은 남자는
잘 알고 있었다. 늙은 남자는 아내가 그립다는 데 생각이
미쳤다. 아내는 아직도 추운 냉장고 안에 앉아 있을 것이

었다.

여보, 기다리게. 나 지금 가네. 여보, 여보.

남자는 빠른 속도로 중얼거렸다. 안약을 넣지 않았는데도 남자의 눈에 물기가 차올랐다.

준비하시고오…… 쏘세요. 준비하시고오…….

남자는 맥락 없이 중얼거리면서 복권 판매소를 지나 역사의 계단을 힘겹게 올라갔다. 승강장을 메운 다급한 발소리가 남자에게는 들리지 않았다. 늙은 남자는 다만 아내가 몹시 그립다고 생각하며 발을 옮길 뿐이었다.

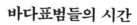

바다표범들의 시간

7월 26일 토요일

오전 6시 35분

글쎄.

　확실히 이 모든 것은 한 여자의 두통에서 시작되었다. 하지만 곰곰이 생각해 보면 꼭 그렇다고는 말할 수 없을지도 모른다. 모든 것은 여자의 남편이 서해안고속도로를 달리며 듣던 람슈타인에게서 시작되었는지도 모른다. 아니면 윌리엄 윌슨 콤플렉스에서 시작되었는지도. 그도 아니면 로또 복권이나 홈쇼핑에서 시작되었다고 누군가 주장한다 해도 틀렸다고는 할 수 없다. 아니, 이 모든 것은 한 마리의 치와와나 한 마리의 비글로부터, 또는 휘휘 허공을 휘젓는 왼팔의 없음으로부터, 마침내 갈라파고스라는 알 수 없는 섬의 자이언트거북으로부터 시작되었는지도 모른다. 아니 그런데, 이 모든 것을 바라보는 당신으로부터 시작된 것은,

혹시 아닌가?

글쎄.

나는 지금 자크 칼로의 기이한 풍경을 바라보고 있다. 미친 듯이 날아다니는 악마들이 승강장에 가득하다. 악마들은 견딜 수 없이 유쾌해 보인다. 견딜 수 없을 정도로 유쾌하기 때문에 악마들이라고 해도 좋을 정도다. 그들은 날개 소리와 함께 기이하게 날카로운 울음소리를 내고 있다. 들리지 않는 소음들이, 조금은 얼이 빠진 사람들의 귓속으로 들어갔다가 빠르게 흘러나온다.

선로 위에서 내 신체를 수습하고 있는 사람들 주위로, 나의 애견 비글이 정신없이 뛰어다니고 있다. 내내 집 안에서 지내다가 공터에 데리고 나온 강아지는 저토록 에너지가 넘친다. 고대의 켈트족들과 함께 평원을 누비던 하운드견의 후예이니 더 말해서 무엇하랴.

물론 사람들은 녀석을 보지 못한다. 나의 애견 비글의 옛 몸은 지금 승강장 아래의 어두운 공간에 떨어져 있기 때문이다. 아마도 그의 조그만 몸은 추후에 있을 감식반의 현장 조사에서나 발견될 것이다.

나는 비글을 부르기 위해 휘파람을 분다. 옥타브가 높다. 비글은 갑자기 들려온 낯익은 신호에 그 재재바른 움직임을 문득 멈춘다. 휘파람 소리가 난 곳을 파악해 내려는 듯 주의 깊은 자세를 취한다. 녀석은 이내 나를 발견해 내고는 힘차게 달려온다. 나의 사랑하는 강아지. 나의 사랑하는 개.

안녕. 이제 떠날 때가 되었다.

한 가지 궁금한 것이 남아 있기는 하다. 바다표범들을 찾아서 차가운 북극의 바닷물 속에 들어간 에스키모 소녀 말이다. 그에게 차가운 물속이란, 대체 어떤 느낌인 것일까.

나는 부드러우면서도 우아한 자세로 소녀의 눈앞을 헤엄치는 바다표범들을 떠올리고 있다. 유선형의 몸을 가진 그 아름다운 바다표범들이 물결을 타고 흘러갈 때, 두 팔을 위아래로 저으면서 북극의 바닷속을 유영하는 소녀의 느낌이란, 대체 어떤 것일까.

추리할 수 없는 세계의 추리소설

김형중(문학평론가)

1

이장욱의 '소설 등단작'이자(당시 그는 이미 시집을 낸 기성 시인이었고 탁월한 연구서를 낸 외국 문학 연구자이기도 했다.) 첫 장편인 『칼로의 유쾌한 악마들』이 내 손에 처음 도착했던 것은 2005년, 그러니까 무려 16년 전 일이다. 그렇다면 나는 지금 조금 이상한 글쓰기를 하고 있는 셈인데, 이를테면 미래완료 시제의 글쓰기랄까? 이 작품 이후 그가 쓰게 될, 정확히는 이미 써 버린 작품들(『고백의 제왕』, 『기린이 아닌 모든 것』, 『천국보다 낯선』, 『에이프릴 마치의 사랑』, 『캐럴』)을 다 읽은 상태로, 그리고 그에 대한 글도 두어 편 쓴 상태로, 나는 『칼로의 유쾌한 악마들』을 다시 읽는다. 이 글이 이전에 이장욱의 소설 세계에 대해 내가 썼던 글의 반복으로 읽힌다거나, 이후에 그가 쓴 작품들과의 상호 텍스트적 독해로 읽힌다면 그런 이유가 크다. 나는 지금 이미 일어난 미래에 갓 도착한 과거에 대해 쓰고 있는 것이니까. 마치 『캐럴』의 주인공 '도현도'처럼.

2

소설은 어느 해(아마도 IMF 정국을 막 경과한 2000년대 초반으로 보인다.) 7월 26일 새벽, 지하철역에 널브러진 어떤 청년의 시신을 묘사하면서 시작한다. 시신을 묘사하는 화자의 시선은 참으로 차갑고 차분해서, 꺾인 다리와 흐르는 피, 입고 있는 트레이닝복의 디자인과 문양에 이르기까지 묘사는 길고도 세밀하게 이어진다. 그 시선은 마치 변사체가 있는 현장의 모든 세부에서 사건의 흔적을 찾아낼 수 있다고 자신하는 잘 훈련된 검시관의 그것을 닮았다.

그리고 이어지는 엉뚱한 한 문장. "토요일 아침의 이 모든 풍경은 한 여자의 두통에서 비롯되었다."(16쪽) 이제 밝혀야 할 사인(死因)과 던져진 실마리가 생겼다. 시신과 두통, 그렇다면 이제 남은 것은 당연히 둘 사이의 연관을 찾아내는 일이다. 작가가 차용한 추리소설의 문법에 따라 이 소설을 읽는다면 말이다. 복수? 돈? 음모? 그러나 나는 16년 전부터 이미 알고 있었고, 이 소설을 처음 읽은 독자도 이제 알게 됐듯이 이 사건의 전말은 그렇게 관습적이지 않다. 소설 말미 화자가 우리에게 들려준 바에 따라 사건의 전말을 역순으로 재구성해 보자.

죽은 이는 실업 상태의 청년인 '나'다. '나'를 밀친 것은 복권 판매소의 노인이다. 노인에겐 왼팔이 없고 그래서 휘청거리다 스스로를 지탱하지 못해 청년을 밀쳤다. 그러나 그보다 먼저 노인을 밀친 것은 30대의 한 남성이었고, 그는 지난 밤 노인처럼 왼팔이 없는 '갈라파고스의 외로운 조지'에게 일종의 모욕을 당하고 난 참이다. 모욕은 동행한 30대 여성으로 인해 비롯되었는데, 그 여성은 한때 그와 연인 사이였던 대학 동창이고 다른 동창의 장례식장에서 해후했다. 죽은 동창은 기관사였는데, 화요일에 죽은 두통을 느낀 여자를 친 지하철을 운전했었고…… 한편 죽은 청년은 비글 한 마리를 안고 있었는데, 나흘째 잠을 못 잔 복권 판매소 노인은 마침 출근길에 베란다로 내던져져 죽음을 당한 치와와의 눈빛을 자신의 눈에 담아 온 상태다. 노인의 눈과 비글의 눈이 마주쳤을 때, 노인이 넘어진다. 그런데 베란다 창밖으로 내던져진 그 치와와는 지난 화요일에 지하철에 치여 죽은 바로 두통을 느끼던 여자가 기르던 개다. 개를 던진 것은 그녀의 남편이고, 둘 사이에는 자폐증에 걸린 아들이 하나 있는데…….

그러나 이 전말의 재구성 작업을 더 이어 나가야 할 이유가 있을까? 아니 이 전말을 전말이라고 할 수나 있을까? 도저히 논리적으로 추리할 수 없는 우연들의 연속으로 이루어진 이 복잡한 서사는 결국 이 소설이 형식적으로는 추리소설의 관습을 가져왔으되 전혀 추리할 수 없는 사건을 다루고 있음을 보여 준다. 추리 불가능한 추리소설, 그것이 『칼로의 유쾌한 악마들』이다.

3

나는 지금 '추리 불가능한'이라는 말을 '탈근대적'이라는 의미로도 사용하고 있다. 말의 축자적인 의미 그대로 '추리'야말로 전형적인 '근대적' 사유 형식이기 때문이다. 가라타니 고진이 「소세키의 알레고리」[1]란 글에서 '추리소설'과 '마르크스주의' 그리고 '정신분석'을 나란히 언급하는 장면은 자못 흥미로운데, 징후이자 결과로서의 현상, 그리고 그 너머의 원인 찾기라는 서사 구조는 이 세 사유 형식을 일관되게 지배한다. 결과로서의 상부구조들 너머에

1　가라타니 고진, 윤인로 옮김, 『나쓰메 소세키론 집성』(비, 2021).

원인으로서의 경제적 토대가 있다. 결과로서의 징후들 너머에 원인으로서의 외상적 순간, 혹은 무의식이 있다. 추리소설이라는 장르는 19세기 후반에 탄생한 이 두 사유 체계와 그 기원을 같이한다. 결과로서의 증거들 너머에 원인으로서의 범죄와 범죄자가 있다. 바로 그런 의미에서 추리소설은 전형적으로 근대적인 서사 형식이다. 이성은 합리적 사유를 통해 기필코 현상 너머 본질에 도달할 수 있다는 믿음, 근대는 바로 그 믿음 위에 세워졌기 때문이다.

아니나 다를까, '탈근대적' 추리소설 『칼로의 유쾌한 악마들』은 합리적 인과율에 따른 선형적 구성을 취하지 않는다. 원인들의 추적을 통해 결론으로 향해 가는 선 모양의 구성 대신, 피카소나 브라크가 선택했던 입방체, 그것이 이장욱이 택한 구성법이다. 사건의 인과를 밝히기보다 사건을 입체로서 재구성한다고나 할까? 물론 입방체에는 여섯 개의 면이 필요하다. 『칼로의 유쾌한 악마들』의 여섯 등장인물인 두통을 느낀 여자, 그녀의 남편, 기관사, 기관사의 대학 동기, 그의 옛 여자 친구, 복권 판매소 노인처럼 말이다. 혹은 이후에 이장욱이 쓰게 될 (이미 써 버린) 다른 작품 「밤을 잊은 그대에게」의 유령을 포함한 여섯 불면증 환자나, 모교 인근 호프집에 둘러앉은 「고백의 제왕」의 여섯 친구들, 혹은 「곡란」의 202호실에 모여든 여섯 유령들처럼 말이다. 언젠가 내가 이장욱을 두고 '입체파 소설가'라 불렸던 것도 그런 이유였는데, 그는 확실히 데카르트 이후 세계를 지배해 온 이성중심주의(리얼리즘은 이것의 문학적 상관물이다.)를 입체적 소설 쓰기를 통해 해체하려 시도한 야심 찬 작가다.

4

나는 지금 '입체적'이란 말을 루이 알튀세르의 '중층결정된'이란 의미로 사용하고 있기도 하다. 그러니까 지상에서 일어나는 그 어떤 사건도 단일한 인과율에 따라 일어나는 법이 없다. 소설에서의 지하철 사고를 포함해 모든 사건은 수많은 우연이 우발적으로 마주쳐 일어나게 마련이라는 의미에서 '중층결정되어 있다'. 복권 판매소 노인의 아내가 나흘 전에 죽지 않았다면, 그래서 노인이 불면으로 덜 고생했더라면 '나'가 죽었을까? 옛 연인 관계였던 30대의 두 남녀가 전날 밤 장례식장에서 해후하지만 않았다면, 두통을 느낀 여자의 남편이 하필 바로 그 시간에 치와와를 베란다 바깥으로 던지지만 않았다면……. 사실 매사는 이런 식의 우발적인 우연들이 겹치고 겹쳐 일어나게 마련이다. 사건의 배후에는 항상 우연들의 중층결정이 있다. 그리고 입방체 소설 쓰기란 바로 그 중층결정된 이면의 우연들을 드러내는 이장욱식 스타일이다.

그러나 어떤 사건이나 구조가 제아무리 중층결정되어 있다 하더라도 최종심에서는 '토대'가 그것을 결정하기 마련이라고 말한 이도 알튀세르다. 그가 말하길 중층결정된 우연들의 결합체를 최종심에서(나마) 결정하는 것은 '토대'란다. 그러나 '토대', 혹은 '계급투쟁' 같은 어마어마한 말들의 시대는 이제 지나가고 말았으니 나는 그 낡은 단어들을 (그저 알튀세르의 의도만 살려) '사회적인 것'이라고 고쳐 부를 생각이다. 우연들의 입방체는 최종심에서(만) 사회적인 것이 결정한다. 말하자면 완전히 우발적인 것들의 결합체로 보이는 사건 이면에서도 사회적인 것이 '필연코' 작동한다.

과거에서 도착한 『칼로의 유쾌한 악마들』을 다시 읽어보니 이장욱은 그에 대해서도 충분히 이해하고 있는 작가임에 틀림없어 보인다. 작중 우연한 사고로 죽음을 맞이한 '나'(군에서 막 제대한 그는 게으르고 낙천적이었다. 바로 어제까지는.)가 토요일 아침 6시 35분의 지하철 승강장에 비글을 안고 서 있을 확률, "그것은 마치 이 글을 읽고 있는 당신의 삶이 지중해의 파라솔을 흔드는 바람의 각도와 무관하고, 대통령 수행비서의 옆구리에 꽂혀 있는 검은색 권총과 아무런 관련이 없는 것과 비슷하다."(210쪽). 그러나 "ROTC도 아니었고 의대생이나 법대생도 아니"고 "장래가 불투명한 문과생"으로서 제대 후에도 별다른 할 일 없이 루저로 살아가는 청년 실업자가 토요일 6시 35분의 지하철 승강장에 들어오는 기차를 멍하게 바라보고 있을 가능성은 그보다 훨씬 높다. 게다가 IMF 정국을 막 경과한 시점의 한국이라면 말이다.

입방체의 나머지 다섯 면을 이루는 이들도 마찬가지다. 과로에 시달리고, 스크린 도어가 설치되기 전의 지하철을 몰고, 제 눈앞 차창에서 매일매일 죽은 여자의 시신이 흘러내리는 환상을 지켜보아야 하는 기관사가 바로 그 여자가 죽은 지하철역에서 기차를 향해 뛰어들 확률은 생각보다 낮지 않다. 나흘 전 죽은 아내를 냉장고에 안치한 채로 불면에 시달리는 가난한 노인도 그렇고 자폐증 아이를 맡길 곳이 없는 동화 작가인 엄마도 역시 그렇다.

말하자면 그들은 완전히 우발적으로 그 시간 그곳에 모여 우연의 여섯 면 입방체를 만든 것처럼 보이지만, 청년 실업자나 외상 후 스트레스 장애에 시달리는 기관사, 아내를 잃고 생을 비관한 빈곤층 노인이 거기 그 자리에 있던 것은 얼마간 필연이다. 이장욱의 소설은 이런 식으로 우발적인 것들의 마주침에 작용하는 필연의 위력을 기입한다. 추리할 수 없을 만큼 우발적인 사건들의 저변에서 그 우연들을 결정하는 최종심으로서의 '사회적인 것' 말이다.

5

최종심에서 사회적인 것에 의해 결정된 우발적인 사건들이 마주친 결과, 소설 말미 '나'는 죽는다. 죽어 가는 순간 이 운 없는 청년 실업자의 눈에 비친 세계의 모습은 이렇다.

나는 지금 자크 칼로의 기이한 풍경을 바라보고 있다. 미친 듯이 날아다니는 악마들이 승강장에 가득하다. 악마들은 견딜 수 없이 유쾌해 보인다. 견딜 수 없을 정도로 유쾌하기 때문에 악마들이라고 해도 좋을 정도다. 그들은 날개 소리와 함께 기이하게 날카로운 울음소리를 내고 있다. 들리지 않는 소음들이, 조금은 얼이 빠진 사람들의 귓속으로 들어갔다가 빠르게 흘러나온다.

— 234쪽

2000년대 초입 한국의 지하철역에서 '나'가 겹쳐 보고 있는 저 풍경은 17세기 화가 자크 칼로의 악마적인 그림 「성 안토니우스의 유혹」(1635)이다. 앞서 장례식장에서 해후한 두 남녀가 들른 추억의 카페 '갈라파고스' 벽에도 걸려 있던 그림이다. 구도 없이 날뛰고 날아다니며 악행을 벌이는 악마들의 형상을 담은 저 그림은 한마디로 지옥도다. 모든 질서가 무너지고 상식과 품위가 조롱당하는 세계…….

죽는 자가 마지막에 세계의 진실을 본다는 속설이 맞는다면, 아마도 '나'가 본 세계가 우리 세계의 진실일지도 모르겠다. 그러니까 지옥 같은 이 '사회'가 최종심에서는 두통을 느끼는 여자와, 기관사와, '나'의 죽음을 결정했을 수도.

6

『칼로의 유쾌한 악마들』 이후로도 이장욱은 줄곧 소설을 썼다. 그러나 이제 16년 만에 내게 다시 도착한 이 작품을 재독해 보니, 그는 이 작품을 영영 떠나지는 않았던 것 같다. 이미 언급했거니와 그는 이 작품 이후로도 많은 입방체를 만든다. 「고백의 제왕」의 여섯 고백자들, 「밤을 잊은 그대에게」의 여섯 불면증자들, 「곡란」의 여섯 유령들이 그 입방체의 이면들이다.

입방체만 아니다. 「행자가 사라졌다!」, 「동경소년」처럼 추리 불가능한 추리소설도 쓴다. 심지어 후자의 작품에서는 탈근대적 추리소설가로서의 본모습을 직설적으로 드러내기도 하는데, 작중 한 인물은 이렇게 말한다. "네가 할 수 있는 말을 다 해봐! 해보라구! 아니면 미친 듯이 생각이라도 하는 거야! 생각하고 생각하고 또 생각해봐! 그러면 생각하는 넌 남을 거 아냐!"[2] 나로서는 그 유명한 데카르트의 '코기토'에 대한 저토록 신랄한 조롱을 소설 속에서는 읽은 적이 별로 없다.

그뿐 아니다. 『칼로의 유쾌한 악마들』에 등장하는 시간이 멈춘 카페 '갈라파고스'는 이후 여러 작품들에서 변주되면서 재등장한다. 「고백의 제왕」의 모교 인근 호프집, 「곡란」의 202호실(모란의 203호실과 조응하기도 한다.), 「아르마딜로 공간」의 횡단보도, 『캐럴』의 카페 '태양의 해변' 등등. 이 공간들은 시간이 겹치거나 멈추는 비유클리드적 공간들이다. 그리고 알다시피 비유클리드적 공간은 코기토에 대해 완전히 외재적이다.

『칼로의 유쾌한 악마들』에서 사용된 1인칭 전지적 시점(유령이 되어 사태의 전말을 모두 알게 된 화자)이 이후 작품에 다시 등장하기도 한다. 「에이프릴 마치의 사랑」, 「최저임금의 결정」 등이 그런 작품이다. 다만 이 화자들은 유령이 아니어서 병리적으로 타인에게 집착하는 화자들이다. 시대착오적인, 그러나 오래된 장인의 쓸쓸한 풍모 같은 분위기를 풍기던 복권 판매소 노인도 일련의 캐릭터 속에서 살아남는다. 가령 변희봉, 정귀보 등등. '갈라파고스의 외로

2　이장욱, 「동경 소년」, 『고백의 제왕』(창비, 2010), 36쪽.

운 조지'도 마찬가지다. 가령 카페 '태양의 해변'의 꽁지머리 주인(『캐럴』). 자크 칼로의 판화처럼 회화적 이미지에서 착상을 얻은 작품도 있다. 「아르놀피니 부부의 결혼식」이 그런 예다. 이 작품은 얀 반 에이크의 1434년작 동명 그림을 중심 모티프로 하고 있다.

요컨대 『칼로의 유쾌한 악마들』은 소설가 이장욱에게 일종의 '원천 텍스트'이자 '오래된 미래'다. 그가 이후로 쓰게 될, 아닌 이미 써낸 작품의 재료들이 곳곳에 산재해 있다는 의미에서 원천 텍스트이고, 16년 후에 우리에게 다시 유의미한 방식으로 도달해 있을 텍스트라는 의미에서 '오래된 미래'다.

7

사족 몇 마디 덧붙이는 걸로 글을 마무리해야겠다. 2005년에 발간된 초판과 이번 개정판 간에는 군데군데 차이가 존재한다. 작가의 의도로 발생한 차이라는 점에서는 의미심장하지만, 이 글에서는 언급하지 않았다. 일단 작품 해석에 커다란 변화를 줄 만큼의 수정이 아니었고, 이전 판본을 읽어 본 독자라면 곧장 알아볼 수 있는 정도이기도 해서였다. 16년 사이 한국 사회는 많은 변화를 겪었다.

두 판본 간의 차이를 꼼꼼히 비교해 보면서 나는 작가 이장욱이 당대의 변화에 민감하고 섬세하게 반응하고 있는 작가라는 사실을 다시 한번 확인할 수 있었다.

1

오늘은 날씨가 좋다.
먹이를 향해 질주하는 치타가 있고
갑자기 모든 의지를 잃어버린 사내가 있고
이라크가 있고
어리둥절한 표정으로 주위를 둘러보는
이상한 아침도 있다.

오늘은 날씨가 좋다.
사라진 사람을 생각하기 위해
눈을 감는

그런 날씨다.

2

다음 생으로 미룬 장래 희망이 있었다.
아주 유연한 유격수.
무표정한 프로바둑 기사.
소설가.

다시 태어나지 않았는데도
소설가가 되었다.
기분이 좋다.
가능하다면
유연하고 무표정한
그런 소설가가 되도록 하자.

3

시와 소설은 나에게
등소평의 검은 고양이(黑描) 흰 고양이(白描)의 느낌을 준다.
모든 종류의 고양이들은
괴로움이다가…… 즐거움이다가……
즐거움이다가…… 괴로움이다가……
둘을 한 몸으로 끌어안고 울다가……
문득 침묵에 닿게 될 것이다.
고양이들은
인생과 같다.

4

허무주의나 장르 같은 것이
날 자유롭게 하지 않으리라는 것쯤은 알고 있다.
하지만 허무주의나 장르에 대한 매혹 없이는
검은 고양이도 흰 고양이도
울어주지 않는다.

앞으로 열심히 하겠습니다.
호의를 보여 주신 심사위원 선생님들.
문학수첩과 편집부 여러분.
윌리윌슨.

내 꿈속의 이상수 씨.

현정과 초절정 꼬맹이 진휘.

나의 우울한 니힐리스트 창훈 씨.

빨간바지.

셰프첸코 거리의 자작나무들.

호프만 씨.

춘천. 천몽 친구들. 學堂.

모두들 고맙습니다.

2005년 가을

이장욱

1

오늘은 날씨가 흐리다.
어린 누의 목덜미를 물어뜯는 치타가 있고
조금 전의 기억을 자꾸 잃어버리는 노인이 있고
세계적인 전염병이 있고
외로운 표정으로 주위를 둘러보는
낯익은 아침도 있다.

오늘은 날씨가 흐리다.
사라진 사람들이 돌아와
두런두런 이야기를 나누는

그런 날씨다.

2

이 소설을 쓰고 17년이 지났는데도
유연하고 무표정한
그런 소설가가 되지 못했다.
하지만 유연성이나 무표정 같은 것은
고양이에게나 잘 어울리지,
라고 생각하는 밤도 있다.

다음 생 같은 것은 있을 리가 없지만
유연한 스텝을 가진 유격수
무표정한 바둑 기사
길고 지루한 이야기를 쓰는 소설가는
여전히
살아가고 있을 것이다.

3

오래전의 소설과 최근의 소설은 나에게
등소평의 검은 고양이 흰 고양이의 느낌을 준다.
검은 고양이든 흰 고양이든 쥐만 잘 잡으면 된다,
고 등소평은 말했다.
모든 종류의 고양이들은
괴로움이다가…… 잠깐의 기쁨이다가……
다시 긴 괴로움이다가……
문득 침묵에 닿게 될 것이다.

고양이들의 저편으로 인생은
스르르 사라진다.

4

비종결성이나 이념 같은 것들이
날 자유롭게 하지 않으리라는 것쯤은 알고 있다.
하지만 비종결성이나 이념들에 대한 매혹 없이는
검은 고양이도 흰 고양이도
울어 주지 않는다.

앞으로도 열심히 하겠습니다.

민음사와 편집을 맡아 주신 김지현 님,

언제나 한잔하고픈 평론가 형중 님,

윌리윌슨,

내 꿈속의 상애 씨,

현정과 초절정 뮤지션 진휘,

나의 우울한 니힐리스트 창훈 씨,

계림동 창동 춘천 신당의 가로수들,

빨간바지와

또 그리운 친구들,

모두에게 마음을 전합니다.

2021년 가을

이장욱

오늘의 작가 총서 38

칼로의 유쾌한 악마들

이장욱 장편소설

1판 1쇄 펴냄	2005년 10월 11일
2판 1쇄 찍음	2021년 12월 17일
2판 1쇄 펴냄	2021년 12월 31일

지은이	이장욱
발행인	박근섭·박상준
펴낸곳	(주)민음사

출판등록	1966. 5. 19 제16-490호
주소	서울시 강남구 도산대로1길 62(신사동)
	강남출판문화센터 5층(06027)
대표전화	02-515-2000
팩시밀리	02-515-2007
홈페이지	www.minumsa.com

ⓒ이장욱, 2021. Printed in Seoul, Korea

ISBN 978-89-374-2059-7 (04810)
ISBN 978-89-374-2050-4 (세트)

새로 잇고 다시 읽는 한국문학의 정수, 오늘의 작가 총서 시리즈